COLLECTION FOLIO

Shûsaku Endô

Le dernier souper
et autres nouvelles

*Traduit du japonais
par Minh Nguyen-Mordvinoff*

Denoël

Ces nouvelles sont extraites du recueil *Une femme nommée Shizu* (Folio n° 3440).

© *Shûsaku Endô, 1959, 1968, 1976, 1978, 1979, 1981, 1983, 1984, 1985.*
© *Éditions Denoël, 1997, pour la traduction française.*

Né à Tokyo en 1923, Shûsaku Endô vit quelques années en Mandchourie jusqu'au divorce de ses parents. Sa mère, une femme très catholique, s'installe alors avec lui à Kobe et le fait baptiser en 1935, sous le nom de Paul. Mais être catholique au Japon dans les années 1930 n'est pas toujours très bien perçu... Après des études à l'Université Keio, il part étudier la littérature française à Lyon où il découvre les œuvres de Bernanos, Claudel et Mauriac. Des problèmes pulmonaires l'obligent à rentrer au Japon et à rester alité pendant un an. Il commence alors à écrire. Son expérience en Occident lui fournit le cadre de son premier roman, *L'homme blanc*, en 1955, pour lequel il obtient le prix Akutagawa. Il réfléchit à la problématique de la foi chrétienne au Japon, pays fort éloigné de l'idée du monothéisme, et tente de comprendre les causes du mal. En 1964, paraît *La fille que j'ai abandonnée*, adapté au cinéma en 1997 par Kumai Kei : après des années, le narrateur se souvient d'une aventure pour lui sans lendemain avec Mitsu, une jeune fille très naïve. Obsédé par le désir de la revoir, il découvrira son tragique destin. Dans *Le fleuve sacré*, tous les personnages sont à la recherche de quelque chose. Parmi le groupe de touristes japonais en voyage en Inde, qui retrouvera la paix, la régénération de l'âme et du cœur dont chacun a tant besoin ? Shûsaku Endô est également l'auteur de nombreuses nouvelles, dont certaines, écrites entre 1959 et 1985, sont réunies dans *Une femme nommée Shizu* et reprennent les grandes interrogations qui ont tourmenté l'écrivain toute sa vie. Son écriture sobre mêle fiction et aveu intime tout en se défiant du pathétique. Shûsaku Endô est mort à Tokyo en 1996.

Couronnée par les plus grands prix littéraires du Japon, traduite en vingt et une langues, son œuvre était considérée par Graham Greene, dont les préoccupations étaient proches des siennes, comme « celle d'un des plus grands romanciers de notre temps ».

Découvrez, lisez ou relisez les livres de Shûsaku Endô :

UNE FEMME NOMMÉE SHIZU (Folio n° 3440)

LA FILLE QUE J'AI ABANDONNÉE (Folio n° 3042)

LE FLEUVE SACRÉ (Folio n° 3353)

Les ombres

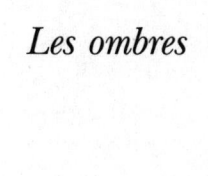

Je ne sais pas si je vous enverrai cette lettre. Je vous en ai déjà écrit trois, mais ou je me suis arrêté en route, ou je les ai fourrées dans le tiroir de mon bureau sans jamais les poster.

À chaque fois que je prenais mon stylo, je pensais qu'elles m'étaient davantage adressées, afin de calmer mon angoisse et de comprendre ce qui se passe dans mon esprit. Je n'ai rien envoyé, car en définitive je sais qu'écrire est inutile et ne m'apporte aucune réelle satisfaction. Toutefois, aujourd'hui les choses sont un peu différentes. Bien que je n'accepte pas encore entièrement ce qui s'est passé, j'ai l'impression d'y venir petit à petit.

Par quoi devrais-je commencer ? Par mes souvenirs d'enfance, quand je vous ai rencontré, alors que vous veniez pour la première fois au Japon ? Ou par le jour de la mort de ma mère, lorsque je me suis précipité à la maison et que vous avez ouvert la porte d'entrée en secouant la tête et en disant : « C'est fini » ?

En fait, je vous ai vu hier. Bien sûr, vous n'aviez pas remarqué ma présence et encore moins que je vous observais. Assis à une table, dans l'attente d'être servi, vous avez sorti un livre d'un vieux sac noir (je me souviens bien de ce sac) et vous avez commencé à lire. Cela m'a rappelé l'époque où vous étiez prêtre, lorsque vous preniez un bréviaire et l'ouvriez avant les repas. J'étais dans un petit restaurant à Shibuya, une pluie fine tombait, et derrière la fenêtre embuée les silhouettes des passants évoquaient des poissons dans un aquarium. Tout en lisant un journal sportif d'une main, j'engloutissais du riz au curry de l'autre. La nouvelle du transfert d'un de mes joueurs préférés de l'équipe Taiyô occupait une colonne entière. Au bas de la page, une nouvelle écrite par un ami était publiée en feuilleton.

En levant la tête, j'ai aperçu dans un coin du restaurant, me tournant le dos, un étranger vêtu de noir, qui s'apprêtait à s'asseoir. Quelle surprise ! Je ne vous avais pas vu depuis six ans. Nos chaises étaient à vingt mètres l'une de l'autre. Entre nous se trouvait une table où étaient assis quatre ou cinq employés de bureau, qui mangeaient des hamburgers.

« ... Les vitesses sont difficiles à passer, mais on n'y peut rien.

— Non, non. Ce n'est pas vrai. »

Ces bribes de phrases m'arrivaient aux oreilles. L'un d'entre eux avait une tache de vin de la grosseur d'une pièce de dix yens sur son front dégarni.

Vous avez adressé un sourire aimable à la jeune serveuse qui vous apportait un verre d'eau, et avez désigné du doigt quelque chose sur le menu. Elle a hoché la tête et s'est éloignée. Vous avez sorti un livre de votre vieux sac noir et avez commencé à lire. J'ignore si c'était de l'anglais mais l'ouvrage était écrit horizontalement.

« Comme il est vieux, me suis-je dit. C'est un vieillard. » Parler de la sorte d'un prêtre est peut-être impoli mais vous étiez bel homme dans votre jeunesse.

Lorsque je vous ai rencontré pour la première fois, c'était à l'hôpital de Kobe. Je me souviens parfaitement, en voyant votre visage sculptural, vos yeux mauves et limpides, de m'être rendu compte, malgré mon jeune âge, de votre beauté. Aujourd'hui, les années ont ravagé votre visage et vos cheveux bruns sont devenus rares (les miens aussi, d'ailleurs). Le dessous de vos yeux est gonflé et rouge comme si de la silicone y avait été implantée. J'ai cherché si votre visage exprimait de la solitude, depuis « l'incident ». Je voulais constater de mes yeux si toutes les souffrances que vous avez endurées y étaient inscrites : le fait d'avoir une femme et des enfants, la pression de devoir travailler dans un pays étranger, la disparition de vos amis et la perte de toute assistance possible.

J'aurais voulu me lever, m'approcher et vous dire : « Ah ! Cela fait longtemps qu'on ne s'est pas vus… » Mais je n'ai pas pu et je suis resté collé sur ma chaise, à vous espionner, caché derrière mon journal tel un détective privé. De toute évidence ma curiosité était éveillée ; il s'agissait plus que du simple intérêt éprouvé par le romancier que je suis. Une force intérieure puissante me retenait et m'empêchait de vous aborder.

Je vais vous décrire aujourd'hui, dans cette lettre, cette résistance. Je suis donc resté ainsi à vous observer discrètement. Finalement la serveuse vous a apporté votre commande. Vous avez hoché la tête en lui adressant le même sourire, puis vous avez attaché un mouchoir autour de votre cou à la place de la serviette. Je vous regardais toujours. Vous avez approché votre chaise de la table et vous vous êtes bien calé dedans, puis vous avez porté un doigt à la poitrine et vous vous êtes rapidement signé afin que personne ne vous voie. À ce moment-là, une émotion ineffable a surgi en moi. Je me disais : « Il n'a pas changé ! »

Il m'est difficile d'expliquer pourquoi je n'ai pas pu venir à votre table. En fait, la raison en est la succession des courants qui ont forgé mon existence. Jusqu'à maintenant, j'ai plongé mes mains d'écrivain dans ces grands fleuves et j'ai conçu divers romans. J'ai trouvé et sorti du tréfonds des sédiments que j'ai rassemblés après les avoir nettoyés. Il reste encore des choses importantes que je n'ai pas remontées à la surface. Je n'ai toujours pas écrit sur mon père que vous n'avez jamais rencontré ou sur ma mère dont vous vous êtes occupé pendant toute sa vie. Je n'ai pas non plus parlé de vous. Non, c'est faux. Depuis que je suis romancier, je vous ai décrit trois fois, mais de façon qu'on ne vous reconnaisse pas. Après « l'incident », vous êtes devenu, depuis longtemps, une silhouette essentielle dans mes écrits. Vous faites partie des personnages fondamentaux et pourtant je vous décris généralement comme un raté. J'en connais la raison : je n'arrive pas encore à vous situer complètement. Malgré vos échecs répétés, vous n'avez jamais cessé de hanter mon univers spirituel. J'aurais pourtant été si heureux de pouvoir vous en chasser. Mais comment aurais-je pu m'éloigner de vous et de ma mère ?

Si je me retourne sur le cours de ma vie, je repense immanquablement à la petite église de Hanshin où je devais être baptisé. Cette minuscule chapelle est toujours la même aujourd'hui, avec sa fausse flèche gothique, sa croix dorée et son jardin rempli de lauriers-roses. Comme vous le savez, ma mère avait un caractère passionné et elle se sépara de mon père à cause de cela. Je quittai Dalian, en Mandchourie, pour rentrer avec elle au Japon et nous allâmes vivre chez sa sœur aînée à Hanshin. Ma tante, très croyante, encouragea ma mère, déprimée, à se tourner vers la foi pour apaiser sa solitude. J'en vins, par nécessité, à aller à l'église, escorté par les deux femmes. Le prêtre qui s'occupait de cette chapelle était français, originaire des Pyrénées. Un jour, alors que la guerre s'intensifiait, il fut emmené par deux membres de la police militaire qui firent irruption dans l'église. Il était soupçonné d'espionnage.

Toutefois cet incident se produisit bien plus tard. La guerre avait déjà éclaté en Chine mais la situation n'était pas encore trop tendue pour les catholiques japonais. Ils pouvaient faire sonner bruyamment les cloches, toute la nuit de Noël et le jour de Pâques. L'entrée de l'église était décorée de fleurs, et nous n'étions pas peu fiers quand les gamins du quartier regardaient avec envie les fillettes, la tête recouverte d'un voile blanc comme les jeunes filles étrangères. Un jour de Pâques, le prêtre français avait aligné dix enfants et leur avait demandé l'un après l'autre : « Crois-tu au Christ ? » Tous avaient répété comme des perroquets : « Oui. » J'en faisais partie et, imitant la voix des autres, j'avais crié : « Oui, j'y crois. »

L'été, un séminariste nous montrait souvent dans l'église des spectacles avec des figurines en papier, ou nous emmenait en excursion au mont Rokko. Il rentrait de temps en temps dans son village natal, et à son retour nous allions fréquemment jouer au base-ball dans le jardin, et lorsque la balle heurtait le carreau, le prêtre français sortait son visage courroucé par la fenêtre et nous invectivait. Je ne peux pas dire que tous les jours étaient heureux, car lorsque ma mère discutait avec ma tante, son visage s'assombrissait. Pourtant, c'était une période plutôt stable, comparée à l'époque où nous vivions à Dalian, et que j'étais seul au milieu de mes deux parents se querellant.

Quelquefois, un étranger d'un certain âge venait dans l'église. Il choisissait un moment où il n'y avait personne, et quand nous jouions au base-ball, nous l'apercevions qui se glissait subrepticement dans le presbytère. « Qui est-ce ? » demandais-je à ma mère et à ma tante, qui pour une raison incompréhensible évitaient mon regard sans répondre.

Un camarade me parla de cet individu qui traînait les pieds en marchant. « Ce type est défroqué. » Bien qu'étant prêtre, il avait épousé une Japonaise et avait été exclu de l'Église. Les fidèles du quartier n'en parlaient jamais, comme si le seul fait de prononcer son nom devait souiller leur foi. Le seul qui le voyait en cachette était le prêtre français. Quant à moi, je le regardais à la dérobée, avec un sentiment d'effroi et de curiosité mêlée d'excitation.

Pendant ma jeunesse à Dalian, j'avais vu dans cette ville coloniale de nombreux vieux Russes blancs chassés de leur pays natal, et le visage de cet homme me rappelait celui d'un vieillard qui venait vendre du pain dans le quartier japonais. Comme lui, il était vêtu d'un manteau qui tombait en guenilles, une écharpe tricotée à la main pendait autour de son cou et il traînait ses jambes percluses de rhumatismes. De temps à autre, il s'essuyait le nez comme lui, avec un grand mouchoir sale.

En y repensant aujourd'hui, ces deux hommes étaient entourés du même halo de solitude, propre à ceux qui ont été exclus de la communauté qui est le cœur même de leur existence.

C'était un soir pendant les vacances d'été. Je marchais le long de la route. J'allais vraisemblablement jouer au base-ball, quand tout à coup je faillis bousculer le vieil homme devant la porte de l'église, inondée par les rayons du soleil couchant. Je n'aurais jamais imaginé qu'il pût sortir de cet endroit.

Je restai sans bouger, pétrifié de stupeur. Il m'adressa la parole, mais, incapable de comprendre quoi que ce soit, j'étais rempli d'un sentiment de malaise et d'effroi. Je secouai la tête et me précipitai pour monter l'escalier en pierre menant à l'église. Une grosse main s'abattit sur mon épaule. Dans un japonais approximatif, il me dit quelque chose comme « N'aie pas peur » ou « Il n'y a rien à craindre ». Il avait mauvaise haleine. Je pris mes jambes à mon cou. À ce moment-là, tout ce que je vis fut ses yeux mauves emplis de tristesse.

Les ombres

De retour à la maison, je racontai l'histoire à ma mère, mais elle ne fit aucun commentaire. Deux ou trois jours après, j'avais tout oublié.

Bizarrement, un mois plus tard, vous êtes entré dans ma vie. Je ne peux m'empêcher, aujourd'hui, de penser que cette coïncidence a eu un sens considérable dans le fleuve de mon existence.

Il y a un an, pendant que j'écrivais un long roman, j'ai souvent repensé à ce hasard. Dans l'histoire, un des personnages principaux compare le visage épuisé et émacié du Christ des *fumie* à celui, serein, noble et imprégné de ferveur, représenté dans la peinture religieuse occidentale. Lorsque j'ai écrit ce passage, les seules images me venant à l'esprit étaient celles de votre visage et celui de cet homme banni par les autres.

Pendant l'automne de cette année-là, j'entrai à l'hôpital de la Charité à Nada pour me faire opérer de l'appendicite. Une fois les fils retirés, ma mère et ma tante m'apportèrent de la soupe de riz. Elles étaient en train de me donner à manger lorsque vous avez brusquement surgi dans la chambre. Toutes deux se levèrent, stupéfaites, non pas par l'irruption d'un prêtre, mais jusque-là les seuls religieux que nous avions connus étaient ceux de chez nous ou d'autres églises ; tous étaient maigres et portaient des lunettes aux verres épais. Les prêtres japonais, en particulier, avaient l'air si étrange qu'on ne pouvait décider s'ils étaient japonais ou *nisei*[*]. Quand vous avez ouvert la porte, vous étiez complètement différent des autres ; votre corps robuste sous un costume noir impeccable au col blanc d'ecclésiastique, votre visage bien nourri et le sourire aimable qui éclairait vos traits ont suffi pour nous plonger dans le ravissement.

Après avoir salué poliment ma mère et ma tante, vous vous êtes penché vers moi, tandis que, pétrifié, je tenais toujours mes baguettes et mon bol de riz à la main. Vous parliez japonais couramment. La sueur perlait à mon front alors que je faisais des efforts pour répondre à vos questions.

« Oui. Je vais mieux. Non, je ne me sens pas seul. »

Après votre départ, je me suis écrié : « Qu'il est beau ! » et ma mère a poussé un gros soupir en disant : « Quel dommage qu'un tel homme soit prêtre et ne puisse pas se marier. » Ma tante s'indigna de ces paroles impies.

Cependant, maman semblait extrêmement intéressée par vous. Chaque fois qu'elle me rendait visite à l'hôpital, elle demandait si vous étiez venu.

Sans raison précise, je me sentais mal à l'aise et je lui répondais avec insolence : « Tu m'embêtes ! Je ne sais pas… »

[*] Japonais appartenant à la deuxième génération.
(Toutes les notes sont de la traductrice.)

Les ombres

Toutefois elle se débrouilla, avec une curiosité bien féminine, pour savoir que vous étiez diplômé d'une école militaire espagnole et qu'après réflexion vous aviez abandonné votre carrière militaire pour choisir la voie des ordres et entrer au séminaire, puis après votre arrivée au Japon vous aviez passé une année dans un monastère à Kakogawa.

« Ce n'est pas un prêtre comme les autres, il vient d'une famille d'intellectuels. Sa mère doit être comblée d'avoir un fils si extraordinaire. »

Maman me disait cela pour m'encourager, mais malgré mon jeune âge je sentais que ces paroles ne m'étaient pas seulement destinées.

Même après ma sortie de l'hôpital, nous y sommes retournés de temps en temps. Les discours des autres prêtres ne la satisfaisaient pas. Elle avait déjà été baptisée et, avec son caractère entier, il lui semblait que depuis votre soudaine apparition un vide en elle avait été comblé.

Mon père, qui avec son caractère timoré préféra prendre une route tranquille au cours de son existence, n'avait pu supporter la façon de vivre de ma mère. Le christianisme, que maman avait adopté au début sur les conseils de sa sœur pour adoucir sa solitude, était devenu à cette époque une vérité pour elle. Tout en enseignant la musique dans différentes écoles de Hanshin, elle dévorait les livres que vous lui aviez prêtés. C'est là que sa vie changea. Ma mère nous imposa à elle-même et à moi une existence austère de prières, semblable à celle d'une religieuse. Tous les matins elle m'emmenait à la messe et, dès qu'elle avait un moment de libre, elle récitait son rosaire. Il semblait même qu'elle commençât à vouloir m'éduquer afin que je devienne prêtre comme vous.

Je n'ai pas l'intention de décrire ici vos relations spirituelles avec elle. Toutefois, deux ans plus tard, vous veniez chaque samedi à la maison en tant que directeur de conscience de ma tante et de maman. Des amis et les fidèles de l'église se rassemblaient là aussi. Je peux vous le confier aujourd'hui, vos visites étaient extrêmement pénibles pour moi. Maman, encore plus sévère que d'habitude, m'obligeait à me laver les mains, à me faire couper les cheveux, et m'ordonnait d'un ton strict : « Quand le Père sera là, tiens-toi bien ! »

Le pire était que j'étais censé comprendre ce que vous racontiez aux adultes présents. Assis à côté de ma mère, nerveux ou rapidement fatigué (rappelez-vous ma constitution faible lorsque j'étais enfant), je tentais de résister de toutes mes forces au sommeil. L'Ancien, le Nouveau Testament, le Christ ou Moïse m'importaient peu et je luttais désespérément contre l'ennui croissant et le poids lourd sur mes paupières en pinçant mes genoux ou en pensant à autre chose. Alors maman me jetait un regard noir et, terrifié, je tenais tant bien que mal pendant une heure.

Le matin, été comme hiver, elle ne me permettait pas de manquer la messe. À cinq heures et demie, quand le ciel était encore sombre et toutes les maisons endormies, je marchais derrière elle, en soufflant sur mes doigts pour les réchauffer, le long de la route gelée en direction de l'église, pendant qu'elle priait en silence.

La silhouette du prêtre français, penché au-dessus de l'autel les mains jointes, dansait sur le mur à la faible lueur du cierge. Nous étions seuls dans la chapelle glaciale avec deux vieilles femmes, agenouillés devant l'autel. Quand maman voyait ma tête dodeliner, alors que je faisais semblant de prier, elle me regardait d'un air furieux.

« Penses-tu devenir comme Père si tu te conduis de la sorte ? » me demandait-elle.

Vous étiez le Père à ses yeux, l'image idéale de mon avenir et celle de l'homme que je devais devenir. J'en arrivais à vous détester, ainsi que vos vêtements immaculés, votre visage et vos mains impeccables. J'abhorrais votre sourire plein d'assurance, votre savoir et votre ferveur. Vous souvenez-vous ? C'était l'époque où mes notes ont baissé progressivement. En classe de troisième, je suis consciemment devenu un élève paresseux, à l'allure négligée. Pourquoi ? Parce que cela représentait tout le contraire de vous. Je voulais me rebeller contre ma mère qui voulait me modeler à votre image, celle d'un homme vivant à fond ses convictions, et j'ai tout fait pour devenir un cancre. Bien évidemment, je faisais semblant de travailler devant ma mère, mais en réalité je ne faisais rien.

À cette époque, j'avais un chien : un bâtard que le marchand d'anguilles m'avait donné. N'ayant ni frère ou sœur, ni ami pour partager le chagrin éprouvé devant la séparation de mes parents, je gâtais honteusement cet animal pataud. Aujourd'hui encore, si les chiens et les oiseaux apparaissent dans mes romans, ce n'est pas seulement en tant que motif de décoration. J'avais l'impression que ce bâtard était le seul à comprendre ma solitude d'enfant que je ne pouvais communiquer à personne. Même maintenant, les yeux larmoyants et tristes d'un chien me font penser à ceux du Christ. Le Christ dont je parle n'est pas celui qui, comme vous autrefois, avait confiance en lui, mais celui d'un *fumie*, au visage abattu, renié et piétiné par les hommes.

Maman s'indigna de mes notes qui régressaient, et vous consulta. Vous m'avez conseillé d'une voix ferme de travailler davantage afin qu'elle ne se fasse pas de souci. Je répliquai intérieurement : « Que raconte-t-il ? Ce stupide étranger ! » Puis, parce que vous étiez justement celui qui m'avait suggéré de redoubler d'ardeur, je devins encore plus mauvais élève. Vous avez dit à ma mère et à ma tante que les enfants en Occident étaient davantage punis et que la discipline était nécessaire pour les enfants paresseux. Comme mes notes restaient toujours aussi mauvaises au troisième trimestre, vous avez conseillé à maman de se débarrasser de mon chien comme punition.

Je me souviens encore de mon chagrin. Un jour que j'avais désobéi, je constatai la disparition de mon animal bien-aimé en rentrant de l'école. Maman avait demandé à un gamin du quartier de l'emmener quelque part. Vous avez probablement oublié cet incident. Pour vous, le chien était un obstacle qui me détournait de mes études et le fait de s'en débarrasser était pour mon bien. Aujourd'hui je ne vous hais évidemment pas pour cela. Mais si j'évoque ces anecdotes insignifiantes, c'est parce qu'elles résument bien votre personnalité. Vous détestiez plus que tout, chez les autres et vous-même, la faiblesse, la paresse et le laisser-aller. Cela vient peut-être de votre famille ou peut-être de l'éducation reçue dans l'armée. *Un homme doit être fort et essayer de se dépasser toujours davantage. Il maîtrise sa vie et ce en quoi il croit.* Vous n'avez jamais prononcé exactement ces paroles mais vous avez appliqué ces principes dans votre vie. Tout le monde sait combien vous vous êtes donné à fond dans votre travail de prosélytisme et dans vos études théologiques. Vous étiez inattaquable et tous (ma mère comprise) vous respectaient. J'étais le seul, dans mon cœur d'enfant, à souffrir de cette image irréprochable.

Malheureusement pour moi, vous avez eu un nouveau travail. Un foyer pour les étudiants chrétiens a été bâti sur les hauteurs de Mikage et vous avez quitté le poste de prêtre de l'hôpital de la Charité pour devenir le responsable du foyer. « Cette fonction ne me tente pas vraiment », déclariez-vous devant les fidèles réunis pour la lecture de la Bible. « Mais je dois m'exécuter car ce sont les ordres de mes supérieurs. » Malgré vos premières réticences, vous avez vite aimé ce travail.

Un jour, alors que nous rentrions à la maison, maman m'a brusquement demandé si je voulais habiter le foyer. Elle pensait que si je vivais près de vous mes notes décroissantes, ainsi que ma foi, remonteraient. Je lui répétai maintes fois que je ne voulais pas y aller, mais vous connaissez le caractère entêté de ma mère. Cette année-là, aussitôt que je revins à la maison avec un mauvais carnet de notes, je fus placé dans le foyer dont vous étiez le responsable depuis six mois.

Le règlement était strict. Vous aviez vraisemblablement pris modèle sur les séminaires occidentaux ou sur les casernes. Je n'essaie pas d'inventer des excuses, cependant malgré mes efforts tout se passa à l'opposé de ce que j'espérais. Je ne pensais pas que *ce qui était bon pour moi*, comme vous le disiez, l'était vraiment. Vous m'accusiez de faiblesse, même quand j'agissais sans penser à mal. Vous vouliez me forger et me modeler *pour ta mère* sans penser que le marteau pourrait m'écraser.

Si je commençais à raconter toutes les histoires, une à une, ce serait sans fin. Vous rappelez-vous cette anecdote ?

Les résidents du foyer (la plupart étaient des étudiants, sauf un garçon, N., et moi-même qui étions lycéens) se levaient à six heures du matin pour aller à la messe, tous les jours, puis couraient dans la montagne, derrière la résidence, avant d'aller prendre le petit déjeuner. Quelle torture pour moi, à côté des étudiants robustes ou de vous qui aviez fait l'école militaire. À cause de mes bronches fragiles depuis l'enfance, j'avais aussitôt des vertiges et le souffle coupé. Après la course à pied, de la sueur grasse perlait à mon front et mon appétit avait complètement disparu. Souvent, je me sentais faible. Je trouvai des moyens habiles pour éviter d'aller courir, mais vous vous en êtes aperçu et m'avez dit qu'il n'y avait aucune raison pour que je ne fasse pas les mêmes choses que N., l'autre lycéen. Vous ne pouviez admettre, avec votre solide constitution, la difficulté qu'un tel entraînement représentait pour un enfant chétif comme moi. *C'est pour t'endurcir qu'il faut courir. Tu ne fais aucun effort.* C'était ainsi que vous l'entendiez ; j'étais un égoïste qui n'aimait pas l'entraînement avec les autres.

Au retour, il y avait votre sermon pendant lequel je m'endormais souvent. Ensuite, pendant la prière du soir dans la chapelle, je somnolais. J'étais constamment épuisé durant les cours et l'entraînement rigoureux de l'école, aussi il m'était encore plus difficile de comprendre quoi que ce soit à la théologie.

Un soir, je m'étais assoupi comme d'habitude pendant que les autres vous écoutaient. Je devais ronfler légèrement et, malgré ma place tout au fond de la classe, vous l'avez remarqué et vous vous êtes arrêté subitement. Assis à côté de moi, N. me tapa discrètement sur les côtes et j'ouvris de grands yeux. À ma grande honte, je vis ma veste imprégnée de salive car j'avais bavé pendant mon sommeil. Les élèves éclatèrent de rire, mais s'interrompirent aussitôt à la vue de votre regard sévère. Vous avez brusquement levé une main et hurlé en japonais : « Dehors ! »

C'était la première fois que je vous voyais rouge de colère et crier ainsi. Votre visage, au sourire aimable d'ordinaire devant ma mère, ma tante ou les autres fidèles, était tordu par la fureur. Ce n'était pas mon assoupissement qui avait déclenché votre colère, comme vous l'avez expliqué par la suite à maman, mais le fait que j'utilisais ma faiblesse physique comme prétexte pour ne pas respecter les règles de la communauté. C'est vrai, j'avoue que j'échappais à l'emploi du temps du foyer dès que l'occasion s'en présentait. Je reconnais que je ne faisais pas assez d'efforts. Il est vrai que je n'avais pas les capacités physiques pour appliquer les principes idéaux que vous vous étiez donnés. Je ne me cherche pas d'excuses. Mais votre stoïcisme, qui réussissait avec des sujets forts, était cruel envers les faibles, et au lieu de donner de bons résultats leur infligeait des blessures inutiles.

Finalement, moins de dix mois après mon entrée, je quittai le foyer et rentrai chez ma mère. L'amour maternel la faisait s'efforcer de trouver des qualités à son bon à rien de fils, alors que vous sembliez n'avoir que mépris à mon égard. Votre attitude n'avait pas changé par rapport au passé, mais vous m'adressiez de moins en moins la parole. Ce faisant, le rêve de maman, celui que je devienne prêtre comme vous, s'effondrait.

Je relis ce que j'ai écrit jusqu'à maintenant et je crains de créer un malentendu entre nous. Je n'oublierai jamais la gentillesse, loin de là, avec laquelle vous vous êtes occupé de ma mère et de moi. Grâce à vous, maman a été sauvée de la dépression de l'après-divorce et a pu se consacrer à la religion qui l'a soutenue jusqu'à sa mort. Je vous serai éternellement reconnaissant de l'avoir aidée de diverses façons jusqu'au bout.

Seulement, ce que je veux dire n'a rien à voir avec cela. Si parmi les hommes il y a les faibles et les forts, vous faisiez partie de la deuxième catégorie. Moi, j'étais une mauviette. Vous croyiez en votre force physique et mentale et en votre foi ; vous effectuiez votre travail de missionnaire au Japon avec ferveur. Quant à moi, je manquais, au contraire, de confiance en moi.

En écrivant cela, je pense que maintenant vous pourrez comprendre la situation. Mais autrefois vous auriez secoué la tête en signe de refus. D'une grosse voix, vous auriez crié que l'être humain est sur terre afin de lutter pour s'élever chaque fois davantage, tout au long de son existence. N'avez-vous pas toutefois appris, quinze ans plus tard, que des pièges inattendus, aussi fragiles qu'une fine couche de glace, se dissimulent dans cette force et que la vraie religion commence avec la connaissance de ces dangers ?

Maman mourut alors que je terminais la première partie du lycée. Je passai dans la classe supérieure d'extrême justesse, incapable d'entrer dans une meilleure école. J'avais passé des examens d'entrée les uns après les autres, en échouant chaque fois, jusqu'à ce que maman, lasse de me réprimander, pousse de grands soupirs résignés. En repensant aujourd'hui à son visage, j'éprouve une douleur dans la poitrine. Elle se fatiguait rapidement et se plaignait de vertiges occasionnels. Un jour, vous l'avez accompagnée à l'hôpital, où on trouva sa tension élevée. Elle refusa pourtant d'arrêter ses activités, et chaque matin elle continua d'aller à la messe et de mener une vie rigoureuse.

J'étais au cinéma avec un ami quand elle mourut. Je lui avais raconté que je fréquentais une école préparatoire alors que je passais une grande partie de la journée avec des amis dans des cafés de Sannomiya ou au cinéma.

On était à la fin de décembre, et quand nous sommes sortis de la salle il faisait nuit noire. Je téléphonai à ma mère pour lui dire que j'avais eu un examen blanc. À ma grande surprise, vous avez décroché le téléphone et répondu. Maman était tombée dans la rue, et aussitôt que vous aviez été prévenu, vous vous étiez précipité. Des groupes s'étaient constitués pour aller à ma recherche. Quand vous m'avez demandé : « Où étais-tu ? » j'ai brusquement raccroché. Le trajet du retour à la maison avec le train de la ligne Hankyû me sembla interminable. Je n'ai jamais couru si vite de la gare à la maison. Je sonnai à la porte, vous avez ouvert et murmuré : « C'est fini. » On avait allongé maman sur son lit, des infimes traces de douleur étaient inscrites entre ses sourcils.

Ma tante et quelques fidèles de l'église étaient présents ; en sentant leurs regards lourds de reproche posés sur moi, je fixai le visage cireux de maman. À ce moment, mon esprit était étrangement lucide ; je ne me sentais ni triste ni malheureux. J'étais juste hébété, vous ne parliez pas non plus. Seuls les autres pleuraient.

Quand tout le monde fut parti après l'enterrement, nous nous sommes retrouvés tous les trois, ma tante, vous et moi, dans la maison vide. Une décision devait être prise en ce qui concernait mon devenir. Vous sembliez davantage confus que moi, comme si vous aviez perdu quelqu'un de cher. Aussi quand ma tante me demanda ce que je voulais faire, je lui répondis que je ne voulais pas être un souci pour les autres, alors elle me proposa d'aller vivre avec mon père.

Finalement, vous avez levé la tête, l'air gêné, et déclaré que tout serait fait en fonction de ma volonté. Il fut décidé que vous expliqueriez la situation à mon père.

Je vous laissai vous occuper de la maison avec ma tante et allai vivre chez mon père, à Tokyo. Ce jour-là une nouvelle vie commença avec lui et sa deuxième femme : je ne les considérais pas comme des parents. Je compris pourquoi ma mère s'était séparée de lui. Il répétait d'une façon incessante : « La médiocrité est la meilleure tactique. Le bonheur est d'éviter de faire des vagues. »

Les jours de congé de la société dont il était le manager, il s'occupait de ses bonsaïs, de la pelouse, écoutait les matchs de base-ball à la radio. C'était sa vie. En ce qui concernait mon avenir, il essayait sans relâche de me convaincre de choisir la voie sans problème qu'était la profession de salarié. La vie avec lui n'avait rien à voir avec les journées strictes que nous passions ma mère et moi : les matins d'hiver où nous marchions sur la route durcie par le gel pour aller à l'église, la chapelle où nous nous agenouillions avec pour seule compagnie les deux vieilles femmes et le prêtre français, tournés vers la croix sur laquelle le Christ avait versé son sang.

Chez mon père, pas un mot n'était dit sur la

vie ou sur la religion, on parlait seulement de la radio bruyante du voisin ou des rations de riz devenues plus maigres. Ma mère m'avait enseigné que les choses sacrées étaient les plus précieuses sur terre alors que chez mon père le seul fait d'en parler suffisait à lui faire détourner le regard et me faire passer pour un idiot. Comme je vivais dans une extrême abondance matérielle, j'avais l'impression de trahir maman tous les jours. Même si la vie avait été dure en sa compagnie, je repensais sans cesse à elle avec nostalgie. La seule chose qui apaisait un peu ma conscience tourmentée était les lettres que je vous écrivais, car jusqu'à sa mort vous étiez la personne qu'elle avait respectée le plus. En rédigeant ces lettres, j'avais l'impression de me déculpabiliser, même pendant un court instant, par rapport à cette trahison.

Vous me répondiez de temps à autre avec des courts messages. Mon père se mettait en colère à la vue des enveloppes portant votre écriture. Il devait sans doute être malheureux de savoir que le souvenir de son épouse ainsi que ses paroles subsistaient dans la mémoire de son fils, et que j'étais proche de ses amis. En détournant le regard, il murmurait avec mécontentement : « Tu ne devrais pas correspondre avec ces curés inutiles. » L'année suivante, je m'arrangeai pour être accepté dans une université privée et vous m'avez informé de votre affectation dans une école religieuse de Tokyo.

La nuit est bien avancée. Ma femme et mon enfant dorment profondément dans la maison. Je repense au passé, bribe après bribe, afin d'écrire cette lettre. Mais quand je me relis, je m'aperçois du grand nombre de faits que je suis incapable de rapporter. Il est plus difficile que je ne le pensais de parler de vous et de ma mère. Si je veux tout raconter, je dois attendre le moment où personne ne sera blessé par mon récit, et surtout je dois me livrer entièrement. Maman et vous êtes si profondément ancrés dans ma vie que je ne peux m'en détacher. Je veux montrer dans mon roman les marques que vous avez laissées tous deux sur moi et en décrire l'essentiel.

Mais, si je veux poursuivre mon histoire, je dois retourner où je me suis interrompu. Une fois arrivé à Tokyo, j'allai immédiatement vous rendre visite. Vous étiez toujours pareil, vous n'aviez même pas la couleur pâle et anémiée des autres prêtres ou séminaristes. Vos chaussures étaient cirées soigneusement et le costume noir qui habillait votre grand corps était impeccablement repassé. Vous m'avez parlé avec la même assurance, vous étiez ravi que je sois rentré dans le bon chemin et accepté dans une université. Lorsque je restai silencieux à la question : « Crois-tu en Dieu ? Vas-tu toujours à la messe ? », votre visage se renfrogna. « Tu n'es pas occupé en ce moment, n'est-ce pas ? Ou rejettes-tu la faute sur ta faiblesse physique comme par le passé ? » La déception et le mépris s'inscrivirent sur votre visage comme lorsque j'avais quitté le foyer.

Cette réaction déclencha la même attitude de révolte que j'avais eue, enfant. Vous étiez pris par votre nouvelle fonction dans l'école religieuse, aussi nos rencontres s'espacèrent peu à peu. Mais vous restiez présent dans mon esprit. Je vivais toujours avec mon père, le sentiment que j'éprouvais pour ma mère grandissait et la rancune éprouvée dans le passé se transformait en amour nostalgique, j'en venais à idéaliser son caractère passionné. Elle avait réussi à insuffler dans les profondeurs de l'âme d'un bon à rien comme moi la nécessité de mener une existence dans un monde plus élevé, et vous représentiez, pour le moins, une grande partie de ce que ma mère était.

Je me suis inscrit dans le département de littérature, probablement à cause de maman. Elle et vous viviez autrement que mon père ou la majorité du monde. Plus ma propre vie s'éloignait de la vôtre, plus elle devenait différente, et chaque fois que je pensais à vous j'en avais honte.

Finalement la guerre creusa un plus grand fossé entre nous. Un jour, vous m'avez écrit que vous aviez dû quitter Tokyo pour Karuizawa. Les autorités japonaises vous l'avaient ordonné ainsi qu'aux autres religieux étrangers. Plus qu'une « évacuation », il s'agissait clairement d'une vie concentrationnaire où vous étiez sous la surveillance de la police civile et militaire.

De mon côté, les cours furent supprimés, et je dus fabriquer des pièces détachées pour les avions Zero dans une usine à Kawasaki, pendant les raids aériens qui me terrifiaient.

Ce n'était pas facile d'acheter un billet de train à destination de Karuizawa. Un jour d'hiver, je réussis enfin à m'en procurer un et allai dans cette petite ville de la province de Shinshû. Je me souviens encore du froid à couper les oreilles quand je débarquai à la gare. La station balnéaire, certainement animée en temps de paix, était déserte, sombre et silencieuse. Dans les locaux de la police militaire, situés en face de la gare, deux hommes au regard perçant se chauffaient près d'un brasero. Un misérable filet de fumée s'élevait d'un mélèze dénudé, sous lequel des étrangers faisaient cuire de la soupe. Je me renseignai auprès du bureau des associations de la ville et, accompagné par le directeur, je trouvai le grand bâtiment en bois de style occidental où vous habitiez. Vous étiez avec vos camarades dans le jardin gelé. L'homme venu avec moi se tenait légèrement à l'écart en nous tournant le dos. Vous m'avez parlé : « Tu ne vas pas à la messe, n'est-ce pas ? Il faut croire en Dieu. »

Même dans cet endroit, votre costume, malgré l'usure, était impeccablement brossé. Vos doigts étaient enflés par le froid. Vous êtes entré dans la maison puis ressorti, tenant un paquet enveloppé dans du papier journal.

« Prends cela avec toi », avez-vous dit rapidement en fourrant le paquet dans mes mains. L'homme qui m'accompagnait s'approcha et demanda d'un air soupçonneux : « Qu'est-ce que c'est ? » Vous avez répondu avec indignation : « C'est ma ration de beurre. Est-ce mal de donner ce qui m'appartient ? »

Après la guerre, vous êtes revenu de Karuizawa à Tokyo. Je me suis débrouillé pour éviter l'appel sous les drapeaux et j'ai quitté l'usine pour revenir dans l'université en ruine. Une nouvelle ère commençait pour les prêtres chrétiens au Japon. Des hommes comme vous, évacués pendant la guerre car la police les soupçonnait d'espionnage, poursuivaient leur travail de missionnaire au grand jour. Les Japonais fréquentèrent les églises, dans l'espoir de trouver la force de vivre ou en quête de nourriture, de possessions matérielles ou pour rencontrer des étrangers. Je vous apercevais souvent à cette époque, sortant, l'air extrêmement affairé, du séminaire, au volant d'une jeep. Votre tâche consistait à agrandir l'école.

Lors de mes visites dans votre bureau, dans un bâtiment en arc de cercle fabriqué en duralumin, matière rare à cette époque, je tombais sur votre secrétaire qui se débattait avec des appels téléphoniques incessants. Elle répondait : « Le Père est absent » ou coupait son interlocuteur sèchement : « Non, je ne sais pas quand il pourra vous voir ! »

Tout cela est sans importance. Si j'évoque ces épisodes inutiles, c'est qu'en réalité j'hésite à aborder le cœur de cette lettre. Je suis arrivé au point où je dois en parler et je sens la pointe de mon pinceau s'émousser. La crainte de vous blesser profondément m'a empêché jusqu'à maintenant d'écrire librement. Pardonnez-moi.

Comment devrais-je le formuler ? Pourquoi cela s'est-il passé ainsi ? Je l'ignore encore aujourd'hui. Je ne comprends pas la transformation qui s'est opérée en vous. Dans une nouvelle de Somerset Maugham, intitulée « La pluie », un prêtre se laisse aller peu à peu à aimer une femme. L'auteur utilise la métaphore d'une pluie interminable et monotone pour raconter cette histoire. Je trouve cette technique littéraire ingénieuse, mais je serais incapable de l'utiliser dans votre cas. Tout le monde disait : « Je n'arrive pas à y croire… C'est impossible. » Je n'y croyais pas non plus, mais c'était vrai. Et aujourd'hui, de nombreuses années après, je n'ai aucune idée de ce qui s'est transformé en vous.

Cela s'est passé peu après ma sortie de l'université. J'habitais encore chez mon père, me débrouillant à droite à gauche, en effectuant des traductions pour des revues techniques ou de mode. Malgré mon désir d'être écrivain, je n'avais pas assez confiance en moi. Afin d'éviter les candidates au mariage que mon père faisait défiler devant moi, je fréquentais une jeune fille pour laquelle j'éprouvais un peu d'amitié. Je soumis à celle qui allait devenir ma femme plus tard une seule condition : « Je suis un mauvais chrétien, mais si tu veux m'épouser, tu ne peux ignorer ma religion. » Je m'accrochais à ma foi par attachement à ma mère. Même si je n'allais pas à la messe régulièrement et gardais mes distances avec l'Église, je respectais la croyance de ma mère et pour laquelle vous viviez. Je n'avais jamais pensé un seul instant à cesser de croire. Aussi, je vins vous voir pour vous demander d'enseigner la doctrine chrétienne à mon amie.

Quand la surprise s'inscrivit sur votre visage, j'ignore si c'était parce qu'un type comme moi se fiançait ou parce que je demandais à une autre personne de se convertir. Vous avez dit « Oui, bien sûr », mais je remarquai quelque chose d'étrange. Votre barbe n'était pas bien rasée et vos chaussures crottées. Ce laisser-aller qu'on n'aurait pas remarqué chez un autre prêtre était inimaginable chez vous. Pendant la guerre et même lors de votre séjour forcé à Karuizawa, vous aviez montré votre force de caractère au cours de ces épreuves. Vos chaussures étaient toujours impeccablement cirées, sans aucune trace de poussière. Vous nous aviez ordonné à tous dans le foyer d'étudiants de suivre votre exemple. Avec ma tenue négligée, je vous méprisais et vous admirais à la fois.

Vous m'avez accompagné jusqu'à la porte avec mon amie. Dans votre bureau, une femme parlait avec votre secrétaire. Elle portait un kimono et son teint était particulièrement blanc. Elle n'aurait pas été considérée comme une beauté par un Japonais.

Je pris un train bondé pour la province de Hanshin où j'avais habité avec ma mère. Son souvenir était enraciné en moi et je décidai d'annoncer mes fiançailles, que mon père ignorait encore, sur la tombe de maman. Le quartier où se trouvait ma maison avait été réduit en cendres par les bombardements et la famille de ma tante était restée dans la préfecture de Kagawa, là où elle avait été évacuée. La plupart des amis avec qui j'essayai d'entrer en contact avaient disparu. Tout ce qui restait du passé était la route que j'empruntais en silence avec ma mère, les froids matins d'hiver pour aller à la messe, et l'église. Un prêtre japonais remplaçait le Français d'autrefois et disait la messe en solitaire dans la chapelle déserte ; son ombre dansait sur les murs à la lueur des cierges. Je restai devant la maison où j'avais vécu (un Taïwanais ou un Coréen y habitait) en repensant à votre visage émacié pendant l'enterrement de ma mère. Je me demandai pourquoi j'avais trouvé, alors, que vous aussi aviez l'air perdu. À ce moment j'ai aperçu le bois de pins où j'avais cherché le chien que vous m'aviez obligé à abandonner. Son regard humide et triste me revint brusquement en mémoire. Un tourbillon de poussière jaune s'éleva des ruines calcinées tandis qu'un homme à l'air éreinté creusait le sol à l'aide d'une pelle.

C'est à cette époque que j'entendis, pour la première fois, la rumeur absurde vous concernant. Cette calomnie était propagée par une personne qui ne vous connaissait absolument pas. On insinuait que vous aviez, bien qu'étant membre du clergé, entretenu des relations dépassant les limites de la bienséance avec une Japonaise. En entendant cette rumeur, je me rappelai la Japonaise au teint pâle aperçue près de votre porte. Pourtant je détestais l'attitude des croyants japonais, jugeant uniquement d'après les apparences, critiquant davantage la forme et pensant être les seuls à avoir raison. Je me moquai de ce ragot. *Ridicule !* Je savais quel genre d'homme vous étiez, je connaissais votre volonté de fer. De toute manière, ma mère vous respectait et vous n'auriez pu faire une chose pareille dans le pire des cas.

Les commérages arrivèrent à mes oreilles de différentes sources. Le bruit, mêlé à une curiosité malsaine, circula : on vous avait vu avec une femme dans votre jeep et vous faisiez des emplettes avec elle. Je bravai l'homme qui me rapporta l'histoire : « Et pourquoi ne pourraient-ils pas être ensemble ? Si vous avez des courses à faire, il n'y a pas de mal à être avec une femme dans une voiture ! » Il me regarda avec étonnement et devint cramoisi.

« Mais elle est divorcée ! » Il avait eu cette information par un moyen quelconque. « De plus, elle a un enfant ! »

Maman était divorcée et avait un enfant. Ce prêtre avait insufflé la foi en elle et lui avait montré un monde sacré supérieur aux autres : ces paroles montèrent jusqu'au bord de mes lèvres mais je me tus. Quelque chose d'absolument horrible était aussi coincé dans ma gorge. Ma mère avait-elle été accusée par les fidèles de notre congrégation ? Le bruit courait-il que quelque chose s'était passé entre elle et vous ?

Je dévisageai mon interlocuteur et lui répétai avec colère : « J'ai confiance en lui. J'ai confiance en lui. »

C'est vrai, je croyais en vous car vous me l'aviez demandé. Aujourd'hui encore, je n'ai pas oublié vos paroles. Vous en souvenez-vous ? Incapable de supporter davantage ces commérages, je m'étais rendu à votre bureau afin de vous les raconter. Vous étiez affairé comme d'habitude et, bien que rasé de près, vous aviez quelque chose de négligé dans votre apparence, que j'étais incapable de définir. Les rayons du soleil couchant, à travers la fenêtre, dessinaient des ombres sur votre pantalon nettement repassé. Il y avait un je-ne-sais-quoi dans votre allure que je n'avais jamais remarqué dans le passé. Installé en face de vous, je racontai ces rumeurs qui circulaient. Vous avez levé les yeux au ciel puis vous m'avez regardé droit dans les yeux. Il était difficile de savoir si vous m'écoutiez ou pas. Quand j'ai eu terminé, vous êtes resté silencieux pendant un moment. Je fixais les ombres sur votre pantalon. Puis vous avez dit d'une voix forte : « Aie confiance en moi. »

Vous aviez parlé comme autrefois, quand vous disiez avec une ferveur et une assurance aussi pesantes qu'un roc : « Crois au Christ. Crois en Dieu et en l'Église. » C'est ainsi que je l'avais compris. Le dimanche de Pâques où je fus baptisé, j'avais répété comme les autres enfants : « Je crois. » Pourquoi ne l'aurais-je pas fait ? Pourquoi aurais-je douté de l'homme en qui maman avait placé sa confiance durant toute sa vie ?

Après avoir reçu l'absolution, je me sentis le cœur en paix, sentiment que je n'avais pas ressenti depuis longtemps, et je souris malgré moi. « Au revoir. » Vous avez fait un signe de la tête lorsque je me suis levé de ma chaise.

Malgré les nombreuses difficultés, je fus en mesure de convaincre mon père d'accepter mon mariage, à une seule condition, la sienne : la cérémonie ne pouvait avoir lieu dans l'église des curés. Il voulait à tout prix trancher les liens psychologiques qui existaient entre maman et moi. J'acceptai sa proposition ridicule et, après avoir consulté ma fiancée, nous décidâmes d'avoir deux cérémonies. L'une se déroulerait dans un hôtel avec mon père et ses amis, et l'autre, avec nous deux seulement, aurait lieu à l'église. Ma future épouse avait décidé à cette occasion de se faire baptiser. Vous étiez, évidemment, désigné pour dire la messe de notre mariage.

La veille de la cérémonie « respectable » dans l'hôtel, nous nous rendîmes discrètement dans votre école, moi vêtu de façon ordinaire, afin de ne pas susciter les soupçons de mon père, et ma fiancée d'un tailleur de la même couleur. Personne d'autre n'assistait au mariage et pourtant c'était comme si ma mère nous donnait sa bénédiction de loin. J'avais envie de lui crier fièrement : « Tu vois, au moins ma femme est devenue croyante ! »

Une fois arrivés devant le séminaire, ma fiancée mit un mouchoir d'un blanc immaculé, qu'elle avait acheté sans me l'avoir dit, dans ma poche de poitrine et accrocha sur son tailleur une orchidée. J'étais très touché. Puis je lui demandai : « Dis au Père que nous sommes arrivés. »

J'attendis devant la chapelle. Le ciel était dégagé. Les bâtiments en arc de cercle en duralumin, alignés les uns à côté des autres, étincelaient sous le soleil. Je repensai à ma mère et souris en me demandant ce qu'elle aurait dit en voyant ma femme.

Celle qui allait devenir mon épouse marchait lentement, d'un pas tremblant, vers moi. Elle a vraiment le trac, pensai-je avec joie, et je jetai ma cigarette au loin.

« Que se passe-t-il ? Tu ne lui as pas dit que nous étions arrivés ? » lui demandai-je.

Elle garda le silence, l'expression tendue.

« Tu ne te sens pas bien ?

— Non.

— Tu en fais une drôle de tête ! »

Son visage se déforma, elle ne répondait toujours pas. Elle enfonça alors la pointe de sa chaussure dans le sol en répliquant : « Parce que...

— Parce que quoi ?

— Ce n'est pas le moment d'en parler maintenant. Je... » Son visage se chiffonna et elle termina dans un murmure. « Je les ai vus. » Quand elle avait poussé la porte de votre bureau pour vous annoncer notre arrivée, votre corps se détachait juste de celui de la femme au teint pâle que nous avions aperçue une fois à l'entrée. Son visage se trouvait tout contre le vôtre, ma fiancée est repartie en laissant la porte ouverte sans dire un mot.

« Que racontes-tu ? » La fureur gonfla ma poitrine. « C'est impossible ! » Je la giflai. « Toi aussi, tu crois à ces ragots absurdes ! »

Elle pressa la main sur la joue que j'avais frappée. Vos paroles revinrent lentement à ma mémoire : *Crois-moi !*

Le mariage. Les yeux de ma fiancée étaient rouges et remplis de larmes. Sur le moment, avez-vous pensé qu'il s'agissait de larmes de joie ? Je ne le crois pas, ce n'est pas votre genre. Pendant que je vous observais réciter la messe, devant l'autel, j'avais l'impression de me débattre contre le doute qui m'envahissait, telle l'écume sale à la surface d'un étang. *Crois au Christ*. Vous ne pouviez pas dire la messe si vous aviez fait une chose pareille. J'essayai, même à ce moment, de garder foi en vous.

Après le mariage, j'ai souvent reproché à mon épouse de faire une grimace au souvenir de cette matinée. « Doutes-tu de l'homme en lequel ma mère avait une confiance absolue ? » À cela, ma femme secouait la tête. Pourtant, si cela s'était vraiment passé, l'unique et prétendue pure cérémonie de mariage de sa vie avait été célébrée par un prêtre aux mains souillées. C'était trop cruel. Voilà pourquoi j'évitai de vous voir, afin de prendre de la distance avec mes doutes. Trois mois plus tard, la nouvelle de votre départ définitif du séminaire me parvint aux oreilles.

Comment une telle chose avait-elle pu se produire ? J'étais abasourdi. Quoi qu'il en soit, je devais vous voir et vous demander de tout me raconter. J'avais la poitrine oppressée par le sentiment d'avoir été trahi et l'espoir de vous croire encore, malgré ce que disaient les autres. Toutefois, au séminaire, personne ne savait où vous étiez parti. Malgré mon indignation devant cette réponse désinvolte, il n'y avait rien à faire. En définitive, après avoir cherché à droite et à gauche, j'appris que vous viviez chez un compatriote, qui travaillait dans l'import-export.

Je vous écrivis. En guise de réponse, je reçus un message d'un Espagnol se prétendant votre ami, qui disait seulement de vous laisser tranquille. Je comprenais que vous ne vouliez pas me voir non plus — non, surtout pas moi. J'imaginais votre solitude, dans la honte et l'humiliation. Finalement, je renonçai à vous poursuivre.

Cependant, le choc reçu ne disparaissait pas. De quoi s'agissait-il exactement ? Depuis quand cette affaire ridicule avait-elle commencé ? Aucune de mes questions ne trouvait de réponse. Seule une image remontait du fond de ma mémoire : celle de votre barbe hirsute, la première fois où j'avais emmené ma fiancée dans votre bureau, salissant vos joues d'une ombre brune. Étiez-vous déjà sur la mauvaise pente ? Quelque chose d'invisible à l'œil nu avait-il peu à peu commencé à ronger votre existence et votre foi ? C'est l'impression que j'ai eue. Bien sûr, ce n'était que le produit de mon imagination ridicule.

Alors pourquoi m'avez-vous menti, à moi qui faisais tout pour vous croire ? En réponse à mes avertissements, vous aviez dit d'une voix pleine d'assurance : « Aie confiance en moi. » La colère et la pitié me transpercèrent le cœur tour à tour, et la colère me fit même imaginer une chose plus horrible : vous vous étiez joué de moi et de ma mère, depuis très longtemps. Je secouai la tête en rejetant à chaque fois ces pensées.

Mon épouse ne parla plus de vous. « Je ne veux plus aller à l'église. Je n'ai plus la foi », murmurait-elle, et je pouvais seulement lui dire : « Vas-tu renier toute la chrétienté à cause d'un prêtre ? » Mais je savais bien, au fond, qu'une telle réponse ne me satisfaisait pas moi-même. Je n'étais pas le seul ; beaucoup d'autres prêtres et de croyants, incapables de donner une explication à cette affaire inattendue, se sentaient perdus. En définitive, ils n'en parlèrent plus du tout, enterrant cette histoire sous les cendres du silence ; en d'autres termes, c'était comme s'ils posaient un couvercle sur quelque chose de nauséabond.

C'était difficile pour moi. Je ne pouvais accepter comme les autres que la rumeur se dissipe dans le temps, et que tout disparaisse avec l'oubli. Cela signifiait vous oublier ainsi que maman ; vous rejeter, c'était nier ce grand fleuve qu'était ma vie jusqu'à ce moment. Contrairement à la plupart des convertis, je n'avais pas choisi ma foi de mon plein gré. Pendant longtemps, ma foi avait été liée à l'amour que j'éprouvais pour ma mère et au respect que vous m'inspiriez. Cette partie de ma foi a été trahie aux racines. Comment pouvais-je vous rayer de ma mémoire comme les autres et tricher ainsi ?

J'ai demandé à d'autres prêtres d'aller vous voir. Je voulais croire (je ne savais toujours pas si les bruits étaient vrais ou pas) que vous aviez quitté le séminaire pour une cause plus grande, un acte d'amour plus fort, pour une femme par exemple. J'attendais que vous me prouviez, à cette époque et plus encore maintenant, que votre foi s'était accrue. Toutefois, ces rêves puérils se sont brisés rapidement. La majorité des prêtres refusa d'aller vous voir et j'en fus indigné au début. D'après eux, le Christ ne se rendait jamais auprès des bienheureux ou des nantis. Il allait vers les hommes seuls et les humiliés. Pourtant, je pensais que dans votre situation, personne ne vous tendrait la main. J'avais tort ; un prêtre entra en contact avec vous, et à son retour sa réponse tint en une phrase : « Il ne veut pas vous voir. » Il valait mieux vous laisser tranquille, ne pouvais-je pas comprendre ce que vous ressentiez ? En entendant ces paroles, je pris conscience de mon égoïsme et de mon manque de sensibilité.

C'est ainsi que ma longue association avec vous prit fin. Trente années s'étaient écoulées depuis le moment où vous aviez surgi dans ma chambre de l'hôpital de la Charité. Je repensai à vos sermons soporifiques, à la fois où vous vous étiez débarrassé de mon chien, aux souffrances de l'entraînement avec vous dans la montagne, à l'histoire dans le foyer, à la mort de ma mère, et à vos doigts gonflés par le gel quand vous m'aviez donné votre ration de beurre à Karuizawa. Tous ces souvenirs, déposés un par un comme les sédiments fondamentaux dans le fleuve de mon existence, sont les empreintes qu'un être laisse sur un autre. Nous ne savons pas quelle marque nous laissons sur autrui, ni quelle direction nous lui faisons prendre. C'est comme le vent inclinant un pin sur une plage, et altérant la forme de ses branches. Vous et ma mère, plus que tout autre, vous m'avez aiguillé vers la voie dans laquelle je me suis engagé. Et puis vous avez disparu.

J'appris, par la suite, que vous donniez des leçons particulières d'espagnol et que vous étiez professeur de conversation dans une école d'anglais. Vous aviez eu un enfant avec cette Japonaise. Le choc reçu en apprenant cette nouvelle fut moindre que celui de la première fois, et ce qui avait plongé les fidèles dans la consternation fut peu à peu oublié.

Mon épouse et moi n'avons jamais reparlé de la deuxième cérémonie de notre mariage. Ce n'est pas comme si l'incident n'avait pas existé, mais nous évitons de le mentionner. Pourtant, après le dîner, quand je passe de la cuisine à mon bureau et que je m'installe à ma table après avoir fermé soigneusement la porte, ou que dans la nuit je lève la tête de mon livre, j'entends tout à coup votre voix : *Crois en moi*. À ce moment, je fais tout pour encore garder confiance en vous. C'est la raison pour laquelle vous apparaissez (évidemment sous une forme déguisée) dans trois de mes romans : j'essaie de trouver des raisons à votre comportement. De la même façon que vous aviez montré à ma mère l'existence d'un monde plus élevé, vous aviez peut-être trébuché alors que vous faisiez de même avec cette Japonaise au teint pâle. Vous ne vous êtes pas rendu compte que votre compassion de prêtre et votre amour d'homme se sont mélangés petit à petit. Votre confiance en vous était trop grande, vous ignoriez qu'un arbre solide pouvait se briser soudainement. C'est peut-être votre trop-plein d'assurance qui vous a fait trébucher. Un homme comme vous, une fois tombé, descend vite la pente. Combien de fois ai-je échafaudé des hypothèses qui ont toutes échoué. En définitive, je n'arrive pas à comprendre ce qui s'est vraiment passé. Et même avec ces suppositions, mon cœur n'est pas apaisé.

Puis un jour, après de longues années, je vous ai enfin revu. C'était sur le toit d'un grand magasin, un samedi soir. À l'époque j'habitais Komaba et j'amenais parfois mon petit garçon profiter du parc d'attractions. Ce jour-là, mon enfant, élève à l'école primaire, était monté sur un manège de soucoupes volantes et regardait, fasciné, un mannequin parler quand on introduisait des pièces de monnaie dans une fente. Des avions, fixés sur une grande roue qui tournait au son de la musique, montaient et descendaient. Les parents se reposaient sur des chaises ou des bancs, en regardant leurs enfants. J'étais assis, buvant lentement une canette de Coca-Cola en lisant un journal. Sans penser à rien, je levai la tête et je vous aperçus de dos.

Pour éviter les accidents, un garde-fou entourait le toit. Des télescopes, d'où on pouvait voir la ville entière pendant un moment avec une pièce de 10 yens, étaient installés aux quatre coins du toit. De notre côté aussi, des enfants accompagnés de leurs parents étaient agglutinés autour des machines. Debout, seul, entre les télescopes et le garde-fou, vous contempliez la ville dans le soir couchant. Une masse de gros nuages de plomb se déployait, trouée à l'ouest par un filet de ciel blanc qui laissait filtrer un rayon de soleil solitaire. C'était un crépuscule à Tokyo, tout à fait banal. De l'endroit où j'étais assis, votre corps semblait plus petit que les bâtiments et les maisons au loin. Certains appartements étaient allumés et la lumière, vraisemblablement à cause du brouillard, brillait à travers les fenêtres d'un éclat étrange. Des sous-vêtements et des futons étaient accrochés aux fenêtres. Vous ne portiez plus l'habit noir et le col blanc d'un ecclésiastique, mais un costume gris usé, si je me souviens bien. Peut-être était-ce à cause de votre vêtement, mais votre corps, si imposant autrefois, avait l'air ratatiné. Ma description est impertinente mais vous ressembliez à un étranger sorti de sa campagne. Si bizarre que cela soit, je n'en fus pas surpris. Cela me semblait plutôt naturel, évident. J'ignore pourquoi. Votre assurance d'autrefois avait disparu, et ce soir-là aucun des parents et des enfants, venus sur le toit de ce grand magasin pour tuer le temps, ne vous adressa un seul regard. Inconsciemment, je me levai. À ce moment, une femme que je reconnus, tirant un enfant vêtu d'un pull blanc par la main, s'approcha de vous. Vous vous êtes dirigés tous les deux vers la sortie, en me tournant le dos, comme si vous protégiez l'enfant.

J'ai dit que je vous avais rencontré, mais c'est tout. Je n'ai bien sûr rien raconté à ma femme. Cette rencontre insignifiante me revient à l'esprit, ces dernières années, la nuit. Quand je repense à votre dos, il se surimpose aux nombreuses ombres qui ont traversé le fleuve de mon existence. Par exemple, je revois le vieux Russe blanc qui vendait du pain à Dalian lorsque j'étais enfant ou le vieil étranger qui s'introduisait discrètement dans le presbytère, en traînant ses jambes fatiguées. (Comme vous il avait été chassé de l'Église à cause de son mariage.) Un soir d'été, alors que j'essayais de m'enfuir, il m'avait dit de ne pas avoir peur de lui. Ses yeux tristes se confondaient avec ceux du bâtard que vous m'aviez forcé à abandonner. Pourquoi le regard des animaux et des oiseaux est-il plein de cette tristesse ? Je ne peux m'empêcher de penser que des liens de sang se sont créés à partir de tout cela et ont tissé une chaîne en moi. En même temps, si je considère cette chaîne, vous n'êtes ni un prêtre fort, rempli d'assurance et de ferveur, ni l'homme debout entre des appartements éclairés et des maisons avec du linge accroché aux fenêtres, à juger l'existence vue d'en haut, mais un individu aux yeux semblables à ceux d'un chien abandonné. Malgré votre trahison, mon ressentiment n'est plus aussi fort qu'avant. En fait, la personne en laquelle vous croyiez autrefois est celle venue dans ce restaurant, par cette journée pluvieuse à Shibuya. Ou peut-être le saviez-vous déjà ? Car après que la serveuse vous eut apporté votre commande, vous vous êtes signé rapidement et discrètement. C'est finalement la seule chose que je comprenne de vous.

Le retour

C'était un après-midi d'été brûlant. J'avais commandé une nouvelle pierre tombale chez le marbrier funéraire, à Fuchû.

Mon frère était mort deux semaines auparavant, je voulais le faire enterrer dans le cimetière catholique où se trouvait la tombe de ma mère et profiter de l'occasion pour agrandir le caveau.

« Il va falloir exhumer le corps de votre mère », dit le marbrier en grattant son bras replet qui émergeait de sa chemisette.

Quand maman était morte voici trente ans, l'église à laquelle elle appartenait ne permettait pas la crémation. C'est pourquoi son corps avait été inhumé dans un trou noir, au cimetière ; mon frère et moi, nous avions jeté de la terre sur le cercueil. À cette époque, j'allais encore à l'école et, comme mon frère n'était pas très riche, nous avions acheté un petit caveau. Depuis la mort de mon frère, j'ai décidé avec sa famille d'y placer l'urne contenant ses cendres.

« Si on exhume le corps, que va-t-il en advenir après ?

— Comme elle a été enterrée, la police fera un constat puis il sera incinéré dans le crématorium. Ensuite vous pourrez disposer des restes jusqu'à ce qu'une place soit faite dans le caveau… »

J'éprouvais de l'appréhension en pensant au corps de ma mère réduit à des os après trente années. La résurrection de Lazare était quand même autre chose, pourtant je m'attendais à voir maman se lever dans la lumière du jour et pointer un doigt accusateur vers moi, comme par le passé, à cause de mon existence mécréante.

Je rentrai chez moi en titubant légèrement sous le soleil brûlant. Ma femme et sa cousine Mitsuko mangeaient de la pastèque dans la cuisine.

« Comme tu as maigri ! » s'écria Mitsuko en m'examinant sans se gêner des pieds à la tête, ignorant le regard de travers de mon épouse qui changea rapidement de sujet de conversation.

« Que se passe-t-il à propos de la tombe ? »

Je lui répondis en murmurant que j'avais commandé une pierre tombale et que le corps de ma mère allait être exhumé. « Elle va être incinérée au crématorium.

— Quoi ? On enterre les morts chez les catholiques ! Je l'ignorais », s'exclama Mitsuko sur un ton sarcastique. « Pourquoi ?

— À cause de la résurrection. Mais maintenant ils ont changé et on peut se faire incinérer. »

En entendant le mot résurrection, elle me dévisagea d'un air ahuri. Si maman était vivante, me disais-je, elle proclamerait avec véhémence tout le bien qu'elle en pensait. Je m'aperçus que je ne pouvais le faire.

« À propos, dit ma femme, ma cousine a un service à te demander. Elle voudrait que tu voles un chien.

— Voler un chien ? demandais-je avec étonnement. Je...

— Oui, répondit Mitsuko d'un ton neutre. J'ai vraiment pitié de cet animal. »

Elle avait pour voisin un plâtrier dont la femme était décédée. Il buvait et tous les soirs battait son chien. L'animal, enchaîné toute la journée, ne sortait jamais et recevait très peu de nourriture. Dès la tombée du jour, il se mettait à hurler et alors son maître le frappait. Cela durait toute la nuit.

« C'est horrible. Je lui ai apporté à manger deux ou trois fois. Ce type lui ordonne de miauler comme un chat et s'il ne le fait pas, il le bat. C'est inhumain.

— Personne n'a porté plainte ?

— Je l'ai fait, bien sûr ! Mais le plâtrier nous a menacés.

— Mais pourquoi est-ce moi qui dois voler ce chien ?

— Enfin, l'année dernière tu as bien perdu le tien, non ? Tous les deux vous aimez les chiens, n'est-ce pas ? Avez-vous toujours la niche ? Chez moi, c'est hors de question. Je ne peux pas le garder car je suis sa voisine et il saurait immédiatement que je l'ai volé. D'ailleurs, j'ai déjà deux chats. »

Elle avait raison. Dans le jardin devant nous se dressait la niche solitaire. Notre vieux chien y avait dormi jusqu'à l'âge de quatorze ans (l'équivalent de quatre-vingts ans pour un être humain), mais un jour, alors qu'il faisait la sieste parmi les cosmos, il fut emporté par la vieillesse et la filariose. Je l'enterrai dans le jardin et plantai un magnolia blanc sur sa tombe.

« Excuse-moi... mais ne pourrais-tu pas garder ce chien ici ? » demanda Mitsuko.

Elle se pencha et son regard se dirigea de la salle à manger vers la niche dont la peinture s'écaillait. Je me dis que si ma mère avait été présente, elle aurait aussitôt refusé.

« Oui, mais le voler...

— Ne t'en fais pas. Une voisine et moi-même nous nous chargeons de le faire. Tu t'occuperas seulement de l'emmener dans ta voiture.

— Et si on nous prend, que fera-t-on ?

— On ne nous prendra pas ! »

Finalement mon épouse et moi fûmes acculés à passer à l'action : la faiblesse mêlée à une forte curiosité me firent accepter la proposition de Mitsuko.

« Nous devons sauver ce chien en souvenir de mon frère », dis-je à ma femme afin qu'elle m'aide à accepter cette décision ; toutefois je ne pouvais m'empêcher de penser que commettre un vol en souvenir de mon frère catholique était plutôt contradictoire.

Trois ou quatre jours plus tard, un soir, la cousine nous téléphona pour nous dire que le moment était venu. Après le dîner, ma femme nous conduisit jusqu'à Isehara, à environ quarante minutes de chez nous, par l'autoroute. Depuis la mort de son mari, Mitsuko vivait toujours dans cette ville, où elle enseignait la cérémonie du thé.

J'étalai des journaux dans la voiture au cas où le chien serait malade. J'avais préparé de la nourriture pour chien, une grande couverture pour le cacher au cas où on nous surprendrait, et une flasque de whisky pour me donner du courage.

« À propos de l'exhumation du corps de ma mère... », demandais-je à ma femme tandis qu'elle conduisait le long de l'autoroute Tomei. « Dois-je être présent lors de l'opération ? »

Elle se tut pendant un moment puis répondit calmement : « As-tu peur ? »

Je ne répondis pas. De toute évidence, j'avais peur, mais il ne s'agissait pas uniquement de cela. J'avais l'impression d'accomplir un sacrilège en voyant maman réduite en un paquet d'os. Elle n'aurait certainement pas voulu se montrer dans cet état devant son fils.

« Veux-tu que j'y aille pour toi ?

— Non, je dois y aller. J'irai à Kyûshû après-demain et à mon retour je téléphonerai au marbrier. »

Les images de l'intérieur d'un caveau impérial flottèrent devant mes yeux. J'avais vu ces photos dans un magazine, montrant des squelettes à moitié enfouis dans la terre aux bras et aux jambes tordus. Ma mère aurait-elle le même aspect quand on la sortirait de terre ? Mon frère et moi, nous savions mieux que personne les souffrances qu'elle avait endurées de son vivant. Nous connaissions aussi la foi ardente qui l'avait animée et je n'avais pas envie de la voir réduite à l'état de squelette ne portant aucune trace de cette douleur, cette foi et cette vie.

Quand nous sommes arrivés à Isehara, Mitsuko nous attendait avec sa voisine qui participait à l'opération. Elles étaient attifées d'une sorte de bonnet de montagne et de pantalons d'homme et avaient même pensé à se munir de gants. Je ne comprenais pas pourquoi, pour voler un chien, elles avaient choisi cet attirail de jour de grand ménage ou d'étudiant en train de manifester. Elles montèrent dans la voiture et nous avons roulé pendant un moment. La voisine descendit près de la maison du plâtrier afin d'effectuer une reconnaissance des lieux. Elle revint quelques instants après, hors d'haleine, et chuchota que l'ouvrier était absent. Dans ma position, je pouvais difficilement me dérober, aussi je pris une lampée de whisky et la suivis. La rue était silencieuse et la bicoque du plâtrier apparaissait sombre et déserte. La voisine réussit, malgré ses rondeurs, à se glisser à travers une brèche dans la clôture ; les aboiements du chien et des bruits de chaîne retentirent dans l'obscurité. Elle attacha la corde qu'elle avait apportée au collier du chien et me tendit l'extrémité à travers l'ouverture.

« Tirez-le de là, vite !

— Je ne peux pas. Il ne veut pas bouger. » L'animal apeuré ne bronchait pas. « Viens, sors de là !

— Doucement. Parlez à voix basse. »

Mes mains étaient couvertes de toiles d'araignée, toutefois je réussis à extraire le chien efflanqué de la clôture, la queue entre les pattes et la tête raidie. Mitsuko lui caressa la tête et lui parla doucement : « Que tu es pitoyable ! Dorénavant, personne ne te battra plus. »

Ses paroles semblaient davantage adressées à moi qu'au chien. Mais le temps pressait pour de longs discours, nous avons poussé l'animal dans la voiture et nous sommes partis immédiatement. Les deux femmes, toujours hors d'haleine, racontèrent par le menu détail la noble tâche qu'elles venaient d'accomplir. Nous les avons déposées au coin d'une rue, près d'un réverbère, puis mon épouse et moi sommes repartis immédiatement par l'autoroute Tomei. Pendant que je buvais à nouveau du whisky, je tendis une main pour toucher le chien : il était maigre et mouillé, et tremblait de tout son corps.

Le lendemain matin, quand je sortis dans le jardin, l'animal était devant la niche autrefois habitée par mon chien et me regardait avec des yeux timides. Il devait mourir de faim, car il se précipita sur la nourriture que je lui donnai, en faisant tournoyer le plat en aluminium avec son museau. Il avait une plaie sur le front qui devait provenir des mauvais traitements administrés par le plâtrier.

Je n'avais pas trop le temps de m'occuper de lui et je partis à Kyûshû recueillir des informations pour un nouveau livre. À la fin du XVIe siècle, des missionnaires avaient fondé un séminaire sur la péninsule de Shimabara, et depuis quelque temps je m'intéressais aux Japonais qui y avaient étudié. L'un d'entre eux, Miguel Nishida, avait quitté le Japon durant les persécutions contre les chrétiens et s'était enfui aux Philippines où il travailla en tant que missionnaire dans le quartier japonais. Puis il retourna au Japon et y mourut. On avait retrouvé une de ses lettres à Kyûshû et je voulais la consulter.

Le soleil brillait sur Nagasaki le jour où je rencontrai Otsuji, le journaliste qui m'avait renseigné à propos de ce document. C'était une vieille connaissance qui m'avait à plusieurs reprises rendu service.

« Le parchemin a été trouvé par la vieille famille Matsuno de la ville d'Hirano. Le professeur J. de l'université de Sophia et le père P. de Nagasaki l'ont déjà examiné. »

Otsuji m'emmena dans un restaurant de *sushis* près de son bureau et, aussitôt assis, il sortit une enveloppe de sa poche. À l'intérieur se trouvaient deux pages photocopiées sur lesquelles apparaissaient les bords de l'original rongés par les vers. Je pus lire les premiers mots « Je voulais vous écrire. Tout va bien ici… » mais la suite était indéchiffrable. Tout en essuyant de la main la mousse de la bière sur mes lèvres, je réfléchissais. Otsuji vint à mon aide : « Bien que voulant rentrer au Japon, je sais que c'est un rêve impossible…

— On dirait que Miguel Nishida l'a écrite avant de retourner au Japon.

— Oui », répondit le journaliste en hochant la tête. « Selon le père P., la lettre aurait été écrite aux environs de 1630 et Nishida est rentré clandestinement par l'île de Nokonoshima en 1631. Êtes-vous déjà allé dans cet endroit ?

— Oui. »

J'avais visité la petite île par la baie de Hakata au printemps et les lieux étaient remplis de touristes venus voir les cerisiers en fleur. La plage de galets était couverte de canettes vides et de boîtes de *bentô* abandonnées. Miguel Nishida était venu des Philippines sur une jonque chinoise et avait abordé dans l'île de Nokonoshima en pleine nuit. Puis il se cacha à Nagasaki mais fut trahi sur une dénonciation anonyme, par des apostats. Il s'enfuit en bravant une violente tempête mais s'écroula dans les montagnes de Mogi et y mourut.

Tout en agitant ses baguettes, Otsuji me demanda :

« Allez-vous écrire un livre sur lui, l'année prochaine ?

— Je ne sais pas encore. Je n'ai pas assez d'informations.

— Quel en est le thème ?

— Ils sont nombreux... » Je restai vague et contemplai l'écume de la bière dans mon verre. « Ce qui m'intéresse c'est la raison du retour de Miguel Nishida au Japon. Il savait pertinemment que, dès le moment où il reviendrait, il serait capturé et tué, et pourtant il est revenu à la recherche d'un endroit où mourir. Il n'était pas le seul. Beaucoup de chrétiens japonais, poussés à l'exil, ont connu ce sort et j'ai du mal à le comprendre. »

Otsuji se leva brusquement et dit : « Aimeriez-vous aller voir l'endroit où Miguel Nishida est mort dans la montagne à Mogi ? »

Cet après-midi-là, le pont de Shian était une véritable fournaise ; l'endroit, envahi par les voitures, grouillait de monde. Le journaliste roula jusqu'en haut de la montagne. Lorsque j'étais venu dix ans auparavant, cette région était peu habitée, et chaque fois que j'y retournais il y avait davantage de maisons. Du sommet, on avait une vue magnifique de la baie et du minuscule port de pêche de Mogi. À l'époque de la guerre civile, Mogi fut donnée aux jésuites par le prince chrétien Omura Sumitada. Peu de gens le savent mais ce fut une des premières colonies étrangères au Japon.

« Quand nous étions enfants, nous marchions avec peine dans la montagne à travers les nombreux champs de néfliers, pour aller nager à Mogi. » Par la vitre de la voiture, on apercevait les feuilles de ces arbres, plantés en terrasses, chatoyer comme de l'huile sous la lumière vive. « Je me demande si Nishida a essayé de s'enfuir d'ici, par bateau, pour aller à Amakusa. »

La baie scintillait comme un tapis d'aiguilles tandis que deux bateaux de pêche flottaient tranquillement sur l'eau. La péninsule de Shimabara s'élevait au-dessus de l'horizon, dans un halo de brouillard. Pourtant, une tempête avait éclaté quand Miguel Nishida avait marché sur ces lieux. Impossible de deviner où il avait eu l'intention de se cacher, il devait savoir qu'il allait être pris, où qu'il aille. Cet homme, qui aurait pu rester aux Philippines vivre en paix parmi ses proches, était pourtant retourné dans son pays pour mourir.

« Elle n'a pas changé depuis des siècles », dit Otsuji en désignant du doigt une route qui courait à l'ombre des néfliers. « C'est la voie que Nishida a empruntée pour s'enfuir. »

Je pris conscience que j'ignorais encore l'endroit, probablement déjà déterminé, où j'allais pousser mon dernier soupir.

Le lendemain, après une visite de la péninsule de Shimabara, je rentrai à Tokyo, éreinté et couvert de coups de soleil. Un taxi me ramena immédiatement de l'aéroport à la maison. La niche avait disparu.

« Où est le chien ? » demandai-je à ma femme, en lui tendant ma sacoche.

Elle la pressa contre sa poitrine et répondit : « Il… est parti.

— Parti ?

— La nuit où tu es allé à Nagasaki. Il s'est débarrassé de sa corde et a disparu. Je l'ai cherché partout.

— L'as-tu dit à ta cousine ?

— Bien sûr, et elle est triste. »

J'aime toutes les races de chiens, en particulier les bâtards, mais je n'avais rien éprouvé à l'égard de cet animal malingre. Il l'avait peut-être senti et c'est la raison pour laquelle il s'était enfui.

Quatre jours après, Mitsuko nous téléphona. Le fugitif était retourné chez le plâtrier qui l'enchaînait toute la journée, comme par le passé, et le battait dès qu'il avait bu.

« Pourquoi est-il donc revenu chez lui, demandait mon épouse avec étonnement. Comment a-t-il trouvé le chemin ? »

Le retour

L'animal savait pertinemment qu'il allait être maltraité et avait pourtant passé quatre jours à retrouver la maison de son maître. Quant à Miguel Nishida, il était parfaitement conscient du châtiment qu'il encourrait et il avait pourtant quitté les Philippines pour venir mourir dans son pays. L'ancienne route étroite et ombragée par les néfliers surgit à nouveau devant mes yeux.

J'étais assis dans la salle d'attente à l'entrée du cimetière catholique. Derrière la fenêtre s'étendaient 1 800 mètres carrés de terre où étaient alignées des pierres tombales et des croix ; au centre se dressait une statue de la Vierge Marie. Certaines croix ornaient les tombes des religieuses et des prêtres étrangers, venus de contrées lointaines et décédés au Japon. Des citations de la Bible ou des prières en latin étaient gravées sur toutes les tombes.

Il était environ onze heures du matin et le soleil commençait à chauffer. Je voyais l'employé du marbrier, vêtu d'un pantalon de travail sale et d'un maillot de corps, creuser vigoureusement le sol à l'aide d'une bêche. La terre devait être molle car son corps disparut à moitié au niveau du sol plus rapidement que je ne l'aurais pensé.

Le courage m'avait manqué pour rester debout près de lui pendant qu'il travaillait. Je ne me sentais pas non plus la force de supporter le moment où il sortirait le squelette de ma mère, du fond du trou qui s'agrandissait progressivement. C'est pourquoi je restai cloué sur ma chaise dans la salle d'attente chauffée par un soleil aussi brûlant que de l'étain fondu. Les rayons se reflétaient sur une urne et une paire de baguettes placées devant moi. Je me souvins brusquement que deux semaines auparavant j'avais utilisé les mêmes, dans le crématorium, pour prendre les ossements de mon frère et les mettre dans une urne semblable. Ses os étaient si petits et si fragmentés qu'il était impossible de dire de quelle partie du corps ils provenaient. Certains étaient blanc laiteux, d'autres avaient une teinte brunâtre. « *Eru, Domine, animan es. Requiescanto in pace. Amen.* » À mes côtés, le prêtre psalmodiait à voix basse. Lorsque mon épouse et moi, nous avons saisi le même os avec les baguettes et l'avons mis dans l'urne, la pensée que j'étais le seul représentant de la famille me transperça la poitrine.

De son vivant, mon frère s'était tenu entre la mort et moi, mais maintenant qu'il était parti, j'avais l'impression que la Grande Faucheuse se dressait sinistrement devant moi. Mes parents avaient divorcé quand j'étais petit, et ma mère et mon frère constituaient le seul lien qui me reliait à la vie. Tous deux avaient disparu et je fus pris d'un violent sentiment de solitude et d'abandon.

Je regardai à nouveau par la fenêtre, l'ouvrier avait ralenti son rythme. Finalement, il enfonça sa bêche dans le monticule de terre et essuya lentement la sueur sur son front à l'aide d'une serviette. Ses larges épaules brillaient, il retourna dans le trou, un grand tamis à la main. D'après ses mouvements, je compris que l'ouvrier allait ramasser les os. Une prière jaillit de mes lèvres : « Que la paix soit avec toi. » Les mains sur les genoux, je répétais ce que j'avais dit pour mon frère deux semaines auparavant, lors de la même cérémonie.

Cinq minutes s'écoulèrent, puis dix. Enfin l'ouvrier sortit la main de la fosse et posa le tamis près de la bêche. Il s'extirpa de l'excavation, regarda dans ma direction en clignant des yeux à cause du soleil, puis se dirigea lentement vers la salle d'attente.

« J'ai fini, s'exclama-t-il d'un ton brusque. Veuillez apporter l'urne, s'il vous plaît. »

Le soleil était insupportable. Je marchai derrière lui en me faufilant entre les différentes croix jusqu'à la tombe de ma mère. Le tamis était posé sur le monticule de terre. Je retins mon souffle. Voici ce qu'il restait de ma mère inhumée trente années auparavant.

« Je suis désolé… »

Pensant que ces mots lui étaient adressés, l'ouvrier répondit : « Il n'y a pas de quoi. » Je répétai intérieurement la même phrase à l'intention des ossements. Maman était réduite à des morceaux ressemblant vaguement à du bois pourri, couvert de boue. Quelle différence avec les os de mon frère, sortant du crématorium, propres et d'un blanc laiteux ! Ce squelette pitoyable était-il tout ce qui restait de la foi de ma mère, de son existence ?

Avec les baguettes, je mis les os dans l'urne, et ils tombèrent au fond avec un bruit sourd. L'ouvrier s'appuya des deux mains sur la bêche fichée dans le monticule de terre et me regarda attentivement jusqu'à ce que j'eusse fini.

« Avez-vous terminé ? »

Je hochai la tête et me redressai, légèrement étourdi et les jambes tremblantes. J'examinai le trou semblable à un vieux puits, ma mère y avait été enterrée pendant trente ans.

J'ai enveloppé l'urne dans un linge blanc, puis je suis allé avec l'ouvrier à la boutique du marbrier ; celui-ci devait me conduire au crématorium.

Il était absent. Je m'assis sur une pierre du jardin en attendant son retour, au milieu de pierres tombales en granit, de lanternes votives et de statues du dieu Jizô. L'urne posée sur mes genoux semblait un peu plus pesante que celle de mon frère. Tandis que je regardais distraitement le ciel chauffé à blanc, je me demandai pourquoi ma mère, au corps si frêle, avait des os si lourds. Sans doute parce que mon amour pour elle était resté intact jusqu'à maintenant. Elle n'avait pas toujours été gentille à mon égard ; sa vie solitaire et sa foi inébranlable furent la cause de nombreuses souffrances pour moi, enfant chétif. Encore écolier, ne pouvant plus la supporter, je m'étais même enfui pour aller chez mon père dont elle avait divorcé. Cependant, une fois installé chez lui, j'avais été habité par le remords de l'avoir abandonnée.

« En définitive, je serai enterré près de toi », dis-je à voix basse à l'urne posée sur mes genoux. Je repensai au grand trou noir dans le cimetière et pris conscience que je serais là plus tard pour toujours avec ma mère et mon frère.

Le bruit d'une voiture retentit, le marbrier était de retour.

« Vous avez bien le permis d'exhumer délivré par la police, n'est-ce pas ? »

Sans cette permission l'incinération n'était pas possible.

« Oui, je l'ai. »

Au moment de monter dans sa voiture, il dit comme s'il s'en souvenait brusquement : « La pierre tombale est terminée. Voulez-vous la voir ? »

Il m'emmena dans son petit atelier, derrière des rangées de lanternes. Sur son ordre, deux jeunes ouvriers avec des serviettes nouées autour de la tête amenèrent une stèle noire et brillante toute neuve et la posèrent sur le sol. Elle devait être dressée sur la nouvelle tombe de ma mère.

À droite de la pierre étaient gravés le nom et la date du décès de ma mère et, à côté, ceux de mon frère. Je contemplai avec émotion les deux inscriptions et remarquai qu'il restait un grand vide sur la gauche…

Oui, un jour, mon nom gravé près des leurs.

Le dernier souper

« Docteur ! » s'écria soudain un dénommé Tsukada, assis à côté de moi, dans un restaurant. À ce mot, le cuisinier, un couteau à la main[*], leva la tête et cligna de l'œil dans ma direction pour me signifier que cet homme était connu dans l'établissement à cause de son penchant pour l'alcool.

Je lui répondis discrètement et adressai à l'intrus un faible sourire en demandant d'un ton peu engageant :

« Vous désirez ? »

Puis je cherchai des yeux un siège vide avec l'intention de changer de place au cas où Tsukada m'importunerait davantage.

« Vous êtes bien médecin, n'est-ce pas ? Quelle est votre spécialité ? »

Le ton de sa voix était arrogant alors que

---

[*] Dans certains restaurants japonais, le cuisinier se tient derrière le comptoir où sont attablés les clients et prépare les plats devant eux.

nous nous croisions seulement de temps en temps dans ce restaurant.

« Je suis psychiatre.

— Alors vous vous occupez des névrosés ? » demanda-t-il, et il me dévisagea en plissant ses yeux bilieux. Son regard, à la fois maussade et triste, était le même que celui des patients qui, pendant la première consultation, me testent avant de confier les tourments de leur âme.

« Un psychiatre peut aussi savoir ce qui se passe dans le corps, non ?

— Oui, j'ai étudié cela à l'université…

— Alors je vais vous poser une question. Ces temps-ci, j'ai un peu mal ici, quelle en est la raison ? »

D'une façon ou d'une autre, comme je suis médecin, les gens me surprennent parfois en m'interrogeant ainsi, même en dehors de l'hôpital. Sans examen, il m'est impossible de donner un diagnostic, et en outre c'était le seul jour de la semaine où, afin d'échapper à l'angoisse de mes patients, je m'accordais un verre de saké. À dire vrai, l'agacement devait se lire sur mon visage. Mais à ce moment-là les paroles du professeur Gessel, mon mentor lors de mes études à l'université américaine de Stanford en tant que chercheur étranger, huit ans auparavant, me revinrent brusquement à l'esprit.

« Être médecin ne constitue pas une profession, c'est la même chose qu'être prêtre, avec la mission de porter la misère du monde. »

Ah, le professeur Gessel, toujours avec ses paroles qui sonnent bien ! Refrénant mon impatience, je demandai à voix basse afin que personne n'entendît (« Quel que soit le patient, une maladie est toujours secrète », était un autre refrain de l'universitaire américain) : « Où avez-vous mal ?
— Par là.
— Puis-je toucher ?
— Bien sûr. »

Le cuisinier jeta un bref coup d'œil dans notre direction mais fit comme s'il ne remarquait rien. Je me penchai en avant, ouvris sa chemise et appuyai sur la région située à droite, en dessous des côtes. Une boule roula sous mes doigts.

« Montrez-moi vos mains s'il vous plaît. »

Docile comme un enfant, Tsukada montra ses mains. La peau sèche était foncée et la paume parsemée de taches rouges.

« Avez-vous consulté un médecin récemment ?
— Non !
— Il y a pourtant la visite médicale régulière à votre travail, non ?
— D'après les rayons X, il n'y aurait pas de problème aux poumons ni à l'estomac. Mais après tout, ce corps a fait la guerre.
— Avez-vous subi des examens d'urine et de sang ?
— C'est trop embêtant ! Autrefois, les médecins consultaient sans procéder à tous ces tests.

— Ils sont plus exacts. Pour parler franchement, vous devriez cesser de boire dès aujourd'hui ! Votre foie est endommagé... passablement d'ailleurs. »

À ce moment-là, ses yeux bilieux exprimèrent davantage la souffrance d'un enfant privé de son jouet favori que la douleur. Toutefois je devais lui faire violence. Une boule sur le côté droit de l'abdomen était le signe d'une grave cirrhose du foie. Si cet homme ne recevait aucun traitement et continuait à boire ainsi, il lui resterait deux ans à vivre.

« Monsieur Tsukada, venez me voir s'il vous plaît et je vous présenterai un spécialiste du foie. »

Je sortis une carte de visite où était inscrit le nom de l'hôpital dans lequel je travaillais et la glissai dans la pochette de son veston.

« Vous rigolez ! s'écria-t-il en s'écartant de moi. Les médecins sont ravis de s'occuper de n'importe quel malade ! Si on les écoutait, on aurait tous une ou deux choses qui ne marchent pas.

— Vous n'y êtes pas du tout. » Le cuisinier, avec un sourire forcé, protesta en ma faveur. « Le Dr Sakai s'est montré aimable avec vous. Monsieur Tsukada, vous êtes un homme de bon sens, vous avez un rôle important dans votre compagnie, n'est-ce pas ? Si vous prenez soin de votre corps, vous irez mieux et après vous pourrez prendre plaisir à boire de nouveau. N'est-ce pas mieux ainsi ?

— Arrêtez vos discours ! Vous faites aigrir mon saké ! » répondit Tsukada en se levant péniblement. Une serveuse vint précipitamment à son aide. « Je rentre chez moi ! »

Il sortit du restaurant en titubant pendant que les clients le regardaient fixement.

Le cuisinier demanda d'un air soucieux : « M. Tsukada va vraiment mal ? »

Je hochai la tête et répondis : « C'est malheureux pour votre établissement, mais vous ne devriez plus le laisser boire de l'alcool.

— Ce ne sera pas facile car c'est un vrai alcoolique », répondit-il avec compassion.

Le lundi suivant, j'étais persuadé que Tsukada n'allait pas venir à l'hôpital. Je bavardais avec une malade que je connaissais depuis longtemps. À la différence des autres psychiatres japonais, j'avais étudié les méthodes de Jung. J'écoutais mes patients décrire leurs rêves et je leur faisais construire des jardins miniatures où je cherchais les blessures inconscientes enfouies au fond de leur cœur.

La femme en question avait près de soixante ans et m'avait confié qu'elle voulait divorcer de son époux avec lequel elle vivait depuis longtemps. Au cours des premières années, son mari n'en avait fait qu'à sa tête et elle en avait beaucoup souffert. Le temps avait passé et, n'ayant plus personne sur qui compter à part son épouse, il s'appuyait complètement sur elle, devenue incapable de supporter davantage son égoïsme.

Un divorce de vieux couple n'est plus rare de nos jours, c'est seulement un phénomène récent dans notre société.

Je voyais cette patiente régulièrement et l'écoutais sans mot dire me raconter sa rancœur contre son époux. Le seul fait de prêter une oreille attentive était une sorte de thérapie. Alors que je la raccompagnais, l'infirmière me dit, l'air ennuyé : « Un certain M. Tsukada veut vous voir à tout prix... Il est dans le couloir.

— Ah, bon ? J'y vais immédiatement », répondis-je d'un ton excité. L'incident désagréable subi deux jours auparavant n'avait pas eu lieu pour rien.

En pénétrant dans le couloir, je trouvai un Tsukada complètement différent, qui se leva respectueusement. Il baissa la tête et dit : « Avant-hier..., je me suis conduit d'une façon odieuse.

— Non, non. Je suis ravi que vous soyez venu. Je vais immédiatement prévenir quelqu'un du département des maladies internes et contacter un médecin que je connais.

— Merci. »

Il me répondait d'un air incertain et me dévisageait pendant que je donnais des instructions à l'infirmière qui l'emmena au bureau des admissions.

J'eus l'impression d'avoir rempli une fois de

plus mon devoir de médecin. De nos jours, même avec une cirrhose aussi avancée, on peut prolonger sa vie de cinq ou six ans en suivant un régime strict. Pour cela, je devais faire en sorte que Tsukada cessât de boire.

Le lendemain après-midi, près du laboratoire de recherches, je croisai par hasard le Dr Kiguchi, attaché au département des maladies internes, à qui j'avais demandé de s'occuper de Tsukada. Il était en train de discuter avec un jeune médecin étranger, de petite taille, et qui lui parlait timidement en un japonais maladroit.

En m'apercevant, le médecin se souvint de moi et confirma mes craintes en déclarant : « Je n'ai pas encore les résultats des examens, cependant ce patient est mal en point. Jusqu'à maintenant, il n'a eu ni varices à l'œsophage ni vomissements de sang. C'est bizarre... Pour le moment, essayons l'alo A et l'interféron. » Sur un ton légèrement gêné, il poursuivit : « Auriez-vous besoin d'un volontaire dans votre département ? M. Echenique est venu voir s'il pouvait s'occuper des patients en tant que volontaire à l'hôpital. »

Je refusai de la tête en souriant, un peu crispé.

Il sembla que le Dr Kiguchi ne ménageât pas son malade, et lorsque j'appris par la suite qu'on ne voyait plus Tsukada au restaurant, je fus rassuré.

« Que se passe-t-il vraiment ? » me demanda le cuisinier quand je revins dans son établissement après une longue absence. « Je me sens un peu seul quand un client appréciant la boisson ne vient plus tout à coup.

— On n'y peut rien. C'est pour sa santé.

— Je le sais. Il buvait vraiment comme un trou ! »

Il poursuivit en racontant que, comparé aux autres clients, Tsukada buvait son verre d'un trait au lieu de le déguster. On aurait dit qu'il faisait tout pour s'enivrer le plus vite possible. « C'était comme s'il buvait pour oublier une souffrance qu'il portait en lui. »

Ces paroles restèrent dans ma mémoire. Des nombreux patients pensaient tromper leurs tourments avec l'alcool. Je repensais aux propos excités échangés entre Tsukada, le cuisinier et moi, puis à sa silhouette empreinte de solitude quittant le restaurant.

Deux semaines s'écoulèrent. Le samedi après-midi, je téléphonai à Kiguchi et me rendis dans le département des maladies internes afin de connaître le résultat des examens de Tsukada. Là, je tombai sur le jeune Echenique, vêtu d'une blouse blanche, qui sortait de la salle d'examen en poussant un homme âgé, assis dans un fauteuil roulant. Je m'arrêtai un instant et m'exclamai : « Ooh ! Vous êtes volontaire ici ! »

À dire vrai, notre hôpital voyait d'un mauvais œil les bénévoles travailler dans les différents services, car il s'était produit quelques incidents avec les patients.

« Oui, et je suis ravi », répondit le jeune homme avec un fort accent étranger en souriant.

À cet instant-là, Kiguchi, qui venait d'achever ses consultations avec des patients non hospitalisés, apparut, achevant de se désinfecter les mains.

À ma question : « Alors, les résultats sont mauvais, n'est-ce pas ? » il répondit avec un soupir : « Un œdème s'est déclaré dans l'abdomen. Je lui ai conseillé d'entrer à l'hôpital, mais il en a horreur.

— Ah, vraiment ? »

Nous discutâmes un moment du traitement à administrer à Tsukada, puis je changeai de sujet de conversation : « Il semblerait que l'étranger que j'ai aperçu la dernière fois travaille en tant que volontaire.

— Oui. Vous parlez d'Echenique. Il m'a tellement harcelé que j'ai fini par le présenter à l'infirmière en chef, et le personnel l'apprécie beaucoup. Il est doux et se montre gentil avec tous les malades.

— Quel drôle de type ! Pourquoi veut-il absolument être bénévole dans un hôpital japonais ? Pensez-vous qu'il s'agisse de la graine de prêtre en quête de bonne action ?

— Pas du tout. Il est à Tokyo afin de travailler pour une compagnie d'import-export argentine. C'est la raison pour laquelle il vient seulement le samedi après-midi, comme aujourd'hui. »

Dans les autres pays, nombreux sont les hommes et femmes, sans statut spécial ni même aucun motif religieux particulier, qui travaillent comme volontaires dans les hôpitaux. Echenique devait certainement être comme eux.

L'hôpital, si bruyant le reste de la semaine, devient brusquement silencieux le samedi. C'est un jour où on ne voit personne dans les services. Le *Concerto pour piano n° 27* de Mozart retentit faiblement dans le couloir. J'aimais beaucoup écouter ce morceau lors de mes études à l'étranger, et maintenant, apparemment, quelqu'un du service des maladies internes l'écoutait à la radio pendant une pause…

Kiguchi me téléphona au bureau.

« C'est à propos de M. Tsukada. Il semblerait qu'il boive toujours.

— Vraiment ? » Je fronçai inconsciemment les sourcils. Boire de l'alcool pour un patient atteint de cirrhose du foie équivalait à se suicider. C'est pourquoi Kiguchi et moi, nous avions interdit à Tsukada de le faire.

« Cependant… », commençai-je à dire, puis je m'arrêtai. J'avais été rassuré en ne l'apercevant plus dans le restaurant, mais cela avait été désinvolte de ma part.

« S'il ne peut s'empêcher de boire, continua Kiguchi, déconcerté, c'est qu'il y aurait une raison psychologique. Dans ce cas, je ne peux rien pour lui dans mon service. Ce serait plutôt de votre domaine. Ne voudriez-vous pas l'examiner ? »

Après avoir raccroché, je repensai aux paroles du cuisinier, à propos des excès de Tsukada : « *C'est comme s'il voulait s'enivrer pour oublier quelque chose de douloureux en lui.* » De nombreux alcooliques s'adonnent à la boisson quotidiennement afin d'alléger leurs souffrances mentales, et Tsukada ne serait pas le seul.

Je me fis envoyer ses fiches par Kiguchi et, plutôt que d'étudier les symptômes de la maladie, je me concentrai sur son travail, sa famille et ses antécédents. Les renseignements contenus dans le dossier étaient succincts : il était né à Kyûshû et travaillait maintenant comme contrôleur dans une société alimentaire. Il habitait seul avec sa femme et avait deux fils mariés qui vivaient de leur côté. De telles informations, si maigres qu'elles soient, sont toujours utiles pour un médecin, surtout s'il est psychothérapeute comme moi.

La semaine suivante, vers midi, sur l'ordre de Kiguchi, Tsukada, que je n'avais pas vu depuis longtemps, vint dans mon bureau. Un seul coup d'œil me suffit pour constater que son visage, pâle auparavant, était devenu bouffi.

« Veuillez bien m'excuser pour tout le dérangement que je vous cause », dit-il en s'asseyant. Il posa ses deux mains sur ses cuisses et inclina la tête très bas. Ce gentleman affable n'avait rien à voir avec l'ivrogne que j'avais croisé auparavant.

« Monsieur Tsukada, vous ne voulez vraiment pas vous faire hospitaliser ? Si vous restez chez vous, vous ne pourrez résister à la boisson. Il vaudrait mieux entrer en clinique. »

Je m'efforçais de lui parler à voix douce comme pour le ménager. Il leva la tête.

« Non. Si je rentre à l'hôpital mon état empirera », répondit-il en secouant énergiquement son visage gonflé. Comprenant que sa volonté était inébranlable, je décidai d'aller droit au but : « S'il en est ainsi, y a-t-il quelque chose qui vous empêche d'arrêter de boire ? »

Il cligna des yeux sans rien dire. Son regard sombre avait la couleur morne du tréfonds d'un marais. Il resta silencieux un moment.

« À moins qu'il n'y ait une raison particulière... pourquoi ne me diriez-vous pas ce que vous avez sur le cœur. En tant que psychiatre et psychothérapeute, je ne divulgue jamais les secrets de mes patients. »

Il secoua à nouveau violemment la tête.

« Je ne peux rien dire.

— Alors dites-moi seulement une chose. Cette douleur est-elle la cause de votre alcoolisme ? »

Il ne répondit pas.

« Rassurez-vous. J'ai entendu dans ce bureau d'innombrables témoignages de souffrance et de tourment. Quoi que vous me racontiez, je ne serai pas surpris. C'est la preuve que vous êtes humain.

— Non, je ne peux pas. Vous pouvez toujours parler, je ne peux rien dire. » Il s'emporta brusquement et se leva avec violence. « Je ne viendrai plus à l'hôpital ! » ajouta-t-il comme s'il voulait se convaincre, et il sortit de la pièce. Une solitude désespérée émanait de sa silhouette anguleuse.

Cependant de longues années d'expérience me rendaient optimiste car je savais que la majorité de mes patients, à l'instar de Tsukada, refusait au début de se confier. Ils sont torturés entre le désir de se décharger du lourd secret qui les hante et la souffrance et l'humiliation de le faire savoir à autrui. Ce dilemme pour Tsukada devrait probablement durer une semaine.

Cinq jours après, mes prévisions se révélaient exactes. Ce matin-là, en apercevant sa silhouette avachie dans mon bureau j'imaginai la bataille mentale qui s'était opérée en lui et, inconsciemment, je m'adressai à lui d'une voix encourageante : « Merci d'être venu. Je voulais vous voir. »

Il se laissa tomber sur une chaise et, tout en étudiant mes réactions, me parla de ses fils, de son travail merveilleux et des jours pénibles du passé, cependant sans effleurer un instant son secret crucial.

Ce n'était pas un problème. Étant médecin, je savais qu'il testait mes réponses. Ce procédé est fréquemment employé par les patients qui, finalement, se débarrassent de leur pudeur et me dévoilent leur vraie nature.

Un mois de patience et de persévérance s'ensuivit et je laissais inlassablement Tsukada se vanter et parler de tout et de rien. Les arbres touffus annonçaient le début de l'été et les jours aux nuages mélancoliques se succédaient. Une journée humide et chaude, vers midi, Tsukada laissa enfin filtrer une partie de son secret.

« J'étais en Birmanie pendant la guerre, c'était horrible.

— Vous m'en avez déjà parlé. Où vous êtes-vous battu ?

— Aux alentours de la rivière Nafu, près de la frontière. Nos ennemis étaient des parachutistes anglais et des soldats gurkhas. Nous n'avions presque plus de munitions et les vivres manquaient cruellement.

— Il paraît que la fièvre était souvent aussi présente. »

Je me rappelai avoir lu, autrefois, dans une revue, un article sur les conditions dramatiques du front en Birmanie pendant la Seconde Guerre mondiale.

« Oui, murmura-t-il en essuyant son visage d'une main. Les hôpitaux étaient remplis de blessés graves et de soldats souffrant de la malaria. Les victimes de la dysenterie étaient pitoyables ; ils faisaient dans leur pantalon toute la journée et mouraient.

— Et la nourriture ? »

À ce moment, il se tut avec un signe d'exaspération. Puis il me lança un regard en biais.

« On n'avait rien... rien du tout !

— Je veux bien vous croire.

— Nous avions mangé tout ce qui pouvait être mangé : l'écorce des arbres, les têtards, les vers de terre. » Ses yeux étaient remplis de rage. « Docteur, vous n'avez jamais éprouvé une faim pareille, n'est-ce pas ? Car vous étiez au pays.

— Non, à cette époque, j'étais dans un refuge avec mes parents et il n'y avait pas grand-chose non plus à manger au Japon.

— Mais ce n'était pas comparable à notre situation », répliqua Tsukada en élevant la voix dans un rugissement. C'était la même voix querelleuse que celle employée lors de notre première entrevue alors qu'il était ivre. Je trouvai cette colère soudaine, étrange.

La transpiration couvrait son front. De toute évidence, une lutte intérieure se déroulait en lui.

Je me dis brusquement qu'il n'y en avait plus pour longtemps ; il allait bientôt tout m'avouer. Je fixais son visage baigné de sueur, le cœur rempli d'espoir.

Pendant l'entretien suivant, Tsukada garda le visage tourné en direction de la pluie qui tombait contre la fenêtre et me fit la révélation suivante sur un ton détaché : « Docteur, pendant la guerre, en Birmanie, certains soldats affamés ont mangé de la chair humaine. »

Je feignis l'indifférence, alors que j'avais l'impression d'avoir reçu un violent coup de poing sous le menton.

« Je sais de quoi vous parlez. Des incidents semblables se seraient aussi passés aux Philippines et en Nouvelle-Guinée.

— Cela ne vous choque-t-il pas ?

— J'ai entendu des confessions plus surprenantes dans ce bureau. »

Puis, lentement d'une voix calme, je jouai ma dernière carte : « Si par exemple, vous m'appreniez que vous étiez l'un d'entre eux, je n'en serais pas surpris.

— Moi ? Jamais ! » Il secoua vigoureusement la tête. En considérant son visage terrifié et sinistre comme les eaux d'un marais, je lui demandai : « Monsieur Tsukada, ne boiriez-vous pas afin d'oublier ce souvenir douloureux ? »

Des larmes coulèrent de ses yeux, roulèrent sur ses joues et mouillèrent son menton.

« Je vous en prie, dites-le-moi. C'est cela ? »

Il hocha la tête sans prendre la peine d'essuyer ses larmes.

« De qui s'agissait-il ?

— Du soldat Minamikawa.

— Qui était-ce ?
— Docteur, c'était mon ami. »

Je me souviens encore parfaitement de ce jour-là. Au-dehors, une pluie fine tombait avec un bruit de sable, la teinte des arbres était plus noire que verte et Tsukada me confiait bribe après bribe son secret en pleurant.

C'était l'automne 1944 en Birmanie, pendant la saison humide avec des pluies incessantes comme au Japon. Son bataillon subissait les bombardements des gurkhas et des soldats anglais sur les plateaux transformés en marécages par les pluies torrentielles.

Aucun ne sortit vainqueur des bombardements et des feux de l'artillerie, et durant deux jours l'armée japonaise encerclée resta cramponnée sur ses positions ; finalement le combat eut lieu à coups de grenades à main. Le commandant du bataillon mourut. Cette nuit-là Tsukada et les autres purent s'échapper en coupant à travers les marécages, en direction de la chaîne montagneuse des Arakan, au cours d'une retraite qui fut un enfer. De nombreux soldats, n'ayant même plus de chaussures, avaient déchiré leur uniforme pour l'enrouler autour de leurs pieds.

Minamikawa et Tsukada dévoraient tout ce qui était mangeable : bien évidemment des serpents et des lézards, et ils se battaient pour pouvoir avaler des pousses de bananes ou des vers de terre. Le nombre de leurs camarades diminuait chaque jour. Les soldats, incapables de marcher davantage, rampaient pour se cacher derrière les arbres, et ceux qui continuaient leur avancée dans la jungle entendaient derrière eux éclater les détonations des grenades des suicidés.

Bientôt, on remarqua que certains membres d'un bataillon qui s'était joint à eux, en cours de chemin, mangeaient en cachette de la nourriture. Ils leur racontaient qu'il s'agissait de viande de lézard séchée, alors qu'il n'était pas si aisé d'attraper ces animaux. Tsukada et Minamikawa se doutaient vaguement de quoi il retournait, cependant ils craignaient de l'avouer à voix haute car la guerre avait déjà fortement ébranlé les nerfs de tout le monde.

Minamikawa, malgré la fièvre causée par la malaria, suivait avec l'énergie du désespoir. Dès le début de leur service militaire, les deux hommes, assignés dans la même division, s'entendaient bien et leur camaraderie leur avait permis de se maintenir en vie. Minamikawa, qui venait de se marier, montrait même les lettres de sa femme, restée au pays, à son ami. Pendant cinq jours épuisants, Tsukada porta son compagnon malade à bout de bras à travers la jungle et les marécages.

En chemin, ils aperçurent des soldats japonais effondrés sur le sol ; certains étaient morts, d'autres, trop faibles pour se relever, les regardaient fixement.

Lors de la septième nuit de cette débandade, Minamikawa, qui n'en pouvait plus, implora son camarade de le laisser :

« Que racontes-tu ? Ne t'ai-je pas promis que nous allions survivre et rentrer au Japon tous les deux ? s'exclama Tsukada.

— Moi aussi, je veux rentrer mais mon corps ne peut plus suivre, prends soin de ma famille, s'il te plaît », répondit son ami en pleurant.

Le lendemain matin, à son réveil, Tsukada hurla et secoua en vain Minamikawa qui ne bougeait plus. Il avait rendu l'âme pendant le sommeil de son compagnon d'armes.

Tsukada voulut l'enterrer, mais il n'avait ni les outils pour creuser un trou, ni la force de le faire. S'il brûlait le corps, l'ennemi pourrait déceler sa présence. Le soldat joignit les mains en prière, coupa une mèche de cheveux du mort et suivit les autres qui continuaient leur route.

Ce jour-là, pendant la débâcle, la douleur de perdre son ami s'ajouta à sa souffrance physique. Il prit du retard sur ses camarades et, le lendemain, marcha seul en traînant les pieds. Dans l'après-midi, il fut rejoint par des groupes de trois ou quatre hommes, qu'il ne connaissait pas.

« Ce soir-là, alors que je rampais sur le sol, je glissai du haut d'une colline, expliquait mon patient. Je me cognai la tête et perdis connaissance. Quand je revins à moi, un membre d'un autre bataillon était à mes côtés.

« Le soldat me fit boire de l'eau boueuse puis me tendit quelque chose de noirâtre enveloppé dans du papier : des morceaux de viande.

« "C'est du lézard. Mange !" me dit-il. Devant mon hésitation, il ajouta d'une voix forte : "Si tu ne manges pas, tu vas mourir ! Pense que c'est du lézard et mange-le !" »

Tsukada mit un morceau dans sa bouche et l'avala en fermant les yeux.

C'est alors qu'il s'aperçut que le papier jaune enveloppant la chair noirâtre était une lettre. Un coup d'œil lui suffit pour reconnaître l'écriture féminine à l'encre défraîchie ; il eut l'impression de recevoir un coup de bâton. Il s'agissait d'une des lettres de l'épouse de Minamikawa, montrée fréquemment par son ami.

« La viande…, où l'as-tu prise ? »

Un sourire impertinent éclaira le visage du soldat. Puis il se leva et disparut après avoir répondu : « Hmm, où donc, je me le demande ! »

Tsukada mit son doigt dans la bouche et vomit ; seule de la bile amère sortit. Il tenta de se lever mais chancela sur ses jambes douloureuses. L'angoisse de devenir comme tous ces blessés croisés en chemin l'envahit.

« Je restai allongé là pendant trois jours jusqu'à la guérison de mes jambes, murmurait Tsukada en regardant la pluie tomber par la fenêtre. Il n'y avait rien à manger… finalement je pris la viande que me donnait le soldat.

C'était la chair de Minamikawa. Je voulais vivre... vivre à tout prix ! »

Je me rappelle encore aujourd'hui le bruit soyeux de la pluie que nous écoutâmes, Tsukada et moi, quand il eut terminé de parler.

« Après la démobilisation, j'avais l'intention d'aller voir la famille de Minamikawa avec sa mèche de cheveux, mais cela me fut impossible. Je fis parvenir la mèche à son épouse et elle m'envoya une lettre de remerciements avec son écriture que je ne pouvais pas oublier. Deux mois plus tard, elle vint me rendre visite avec son enfant. Elle me remercia à nouveau et me demanda comment s'étaient passés les derniers instants de son époux. Le souvenir laissé par mon compagnon était un petit garçon, qui me dévisageait avec des yeux identiques à ceux de son père. J'ai encore ce regard gravé dans ma mémoire, dit Tsukada en se couvrant le visage des deux mains.

— Monsieur Tsukada, c'est pour oublier ce regard que vous buvez tous les soirs, n'est-ce pas ?

— Oui... oui.

— Pourtant, cet enfant ne vous en veut pas. Les choses sont ce qu'elles sont. »

En prononçant ces paroles de réconfort, je sentais qu'elles étaient bien faibles et que mon patient ne pouvait pas être abusé par ce raisonnement. Ce jour-là, quand il sortit de mon bureau, le soulagement provoqué par la confession ne se dégageait pas de sa silhouette, au contraire il était entouré d'un halo de solitude.

Le lendemain, Kiguchi m'appela au téléphone. Il était consterné.

« Tsukada a vomi du sang chez lui. Je crains qu'il ne s'agisse d'une rupture d'une veine de l'œsophage... »

C'était le pire qui pouvait arriver à un malade d'une cirrhose du foie. Je l'imaginai en train de vomir du sang. Non ! Il ne s'agissait pas de sang, mais de la chair de son compagnon d'armes, de ce regard enfantin, identique à celui de son père, de ses souvenirs qui le faisaient souffrir depuis quarante années.

À l'heure actuelle, le seul traitement médical valable contre les varices de l'œsophage est l'opération pratiquée par le professeur S. de l'université de P. Le succès n'est pas garanti à cent pour cent et l'intervention peut être dangereuse.

Tsukada fut opéré, sa vie paraissait momentanément sauvée, toutefois le pronostic n'était pas optimiste.

Bien que sa chambre ne dépendît pas du département psychiatrique, je passais le voir, de temps en temps, quand j'avais un instant libre. Sa femme, qui avait passé la moitié de sa vie à endurer les tourments de son époux, était invariablement assise à son chevet, plongée dans une rêverie solitaire. Quelquefois, son fils venait aussi lui rendre visite. Dès qu'il m'apercevait, un pâle sourire animait son visage vigoureux et il murmurait : « Docteur, il a eu ce qu'il méritait. »

En entendant ces paroles, je me disais avec ironie que, malgré la révélation de son secret, ses blessures n'étaient pas guéries. Je devais reconnaître avec douleur que la psychiatrie n'avait pas d'effet sur l'esprit des hommes.

Un samedi, en sortant de l'ascenseur, je croisai Echenique, le bénévole, qui attendait avec Tsukada installé dans un fauteuil roulant.

« Nous allons dans la salle d'examen, dit-il d'un ton enjoué. Nous sommes bons amis monsieur et moi. » Il désigna du doigt son malade, souriant malgré son visage émacié. En voyant Tsukada, je compris qu'il n'allait pas bien et qu'Echenique faisait de son mieux pour l'aider. Parmi les étrangers, il y en avait beaucoup qui étaient gentils.

Tous les samedis, je me posais la question : pourquoi cet individu, appartenant à une société basée au Japon, travaillait-il comme volontaire ? Pourtant je savais que dans leur pays d'origine, les étrangers avaient souvent ce genre d'activité.

Comment ce jeune homme avait-il séduit un entêté comme Tsukada ? En outre, comment avait-il réussi à lui donner ce sourire que je n'avais jamais vu quand il était dans mon bureau ?

Franchement je n'y comprenais rien. Cette histoire provoqua en moi, qui côtoie la souffrance des gens, l'envie. Par la suite, quand je croisais mon patient, accompagné de son épouse et d'Echenique, marchant lentement dans le jardin de l'hôpital ou assis dans la salle d'attente, je le regardais avec étonnement.

D'après le rapport du Dr Kiguchi, malgré le changement heureux opéré dans le moral du malade, la condition postopératoire des varices de son œsophage n'avait pas vraiment évolué en mieux.

« Il y a parfois du sang dans les selles, expliquait-il, l'air préoccupé. Je n'arrive pas à trouver l'origine, et même avec une endoscopie je ne peux pas voir d'où vient le sang ! »

Ma spécialité étant différente, j'étais incapable d'aider Kiguchi à résoudre le problème. La seule chose à faire était d'observer calmement l'évolution de la maladie.

Un mois après l'opération, nos craintes furent fondées. Tsukada vomit à nouveau une énorme quantité de sang.

Prévenu par le Dr Kiguchi, je me précipitai dans la chambre du patient. De nombreuses infirmières s'affairaient dans la pièce exiguë. Une intraveineuse était fichée dans le bras de Tsukada et il y avait une tente à oxygène installée au-dessus de lui. À travers la toile transparente, le visage exsangue du malade témoignait de la situation critique.

« Comment est-il ? demandai-je à Kiguchi.

— À dire vrai, cette nuit sera une étape décisive ; si tout se passe bien ce soir, il pourra peut-être vivre encore deux ou trois jours. »

Le plancher, constellé de traces de sang, ressemblait à une mappemonde usagée. Un coup d'œil me suffit pour évaluer la quantité de sang que le malade avait vomie.

Il agita faiblement la main, comme s'il voulait parler. Quand sa femme approcha sa tête, il étreignit sa main et lui parla. Elle hocha la tête puis s'adressa au Dr Kiguchi : « Il aimerait que vous appeliez Echenique. »

Le médecin me regarda avec embarras. Le service des hospitalisés ne voyait pas d'un bon œil qu'un étranger, qui était juste un bénévole, vînt dans une chambre dans ces conditions.

Je me décidai en me rappelant combien les deux hommes s'entendaient bien. « Appelons-le. » Une infirmière composa le numéro de téléphone de la société d'import-export où il travaillait, puis s'exclama : « Il arrive immédiatement. »

Ensuite, nous nous efforçâmes de maintenir les forces de Tsukada jusqu'à l'arrivée d'Echenique. Bien que n'étant pas un spécialiste, je comprenais que le patient ne pouvait pas vivre plus de deux jours, comme l'avait prédit Kiguchi.

Lorsque Echenique arriva hors d'haleine dans la chambre, l'hémorragie s'était interrompue grâce à la perfusion et Tsukada se calma pendant un moment. L'étranger accourut à son chevet et dit : « Monsieur Tsukada, c'est moi ! Echenique ! Je vais prier pour vous. »

Puis, sans même s'être débarrassé de son manteau, il s'agenouilla sur le sol taché de sang.

J'ai écrit de mémoire, dans mon carnet, la conversation échangée ce soir-là entre les deux hommes. En voici un extrait :

« Echenique ! s'écria Tsukada en haletant, sous la tente à oxygène. Votre Dieu... existe-t-il ?

— Oui. Vraiment.

— Je... autrefois, pendant la guerre... j'ai fait quelque chose d'horrible. Dieu me pardonnerait-il réellement ?

— Il n'y a pas de problème.

— Même si c'est atroce ?

— Oui.

— Echenique, pendant la guerre... » Tsukada hésita et poursuivit d'une voix contrainte : « En Birmanie, j'ai mangé la chair d'un ami décédé. Il n'y avait rien à manger, et si je ne l'avais pas fait, je n'aurais pu rester en vie. Dieu pardonne-t-il même à ceux tombés en enfer ? »

Le Dr Kiguchi et les infirmières restaient pétrifiés, ahuris par cette confession inattendue. Je compris alors que l'épouse du malade savait déjà, quand elle murmura : « Papa, papa ! Tu souffres depuis si longtemps. »

Echenique tremblait nerveusement après avoir écouté Tsukada. Toujours agenouillé, il couvrit son visage de ses deux mains et resta ainsi sans bouger. Quant à moi, je me remémorai le choc reçu lorsque j'avais entendu les aveux du malade.

Toutefois je dois préciser aujourd'hui que tout se passa différemment. Il est de mon devoir de décrire avec précision la réaction d'Echenique, non pas en tant que praticien, mais en tant qu'être humain, témoin de mon époque.

« Monsieur Tsukada », s'écria le bénévole en retirant ses mains de son visage et en se redressant. Il avait une expression sévère et différait du jeune homme jovial qui plaisantait en poussant les chaises roulantes des malades. « Voulez-vous savoir pourquoi je suis venu au Japon ? »

Le malade agita faiblement la tête du fond de la tente à oxygène.

« Moi aussi, j'ai mangé la chair d'un ami. »

Aujourd'hui encore, je suis incapable de décrire le choc qui ébranla la chambre d'hôpital. Je me souviens seulement d'une infirmière se précipitant dans le couloir en éclatant en sanglots…

« Il y a quatre ans, alors que j'étais étudiant, je suis allé rendre visite à mon oncle, au Brésil. Sur le vol du retour, un moteur se cassa, l'avion qui survolait les Andes tomba en panne. Les blessés furent nombreux. Les montagnes étaient très hautes, nous sommes restés douze jours dans la neige à attendre les secours. »

Malgré son discours hésitant, la voix d'Echenique était remplie de ferveur. C'est alors que je me rappelai avoir lu quatre ans auparavant, dans les journaux, l'histoire d'une catastrophe aérienne dans les Andes.

« Le cinquième jour, toute la nourriture existant dans l'avion avait été consommée. Nous n'avions plus rien à manger. Chaque jour, des blessés mouraient. Mon voisin avait eu la poitrine fracassée et sa blessure était grave. Il m'expliqua qu'il était un père se rendant au Japon. »

Je posai la bouche contre la tente et expliquai à Tsukada qu'un « père » était un prêtre catholique.

« Cet homme ne buvait que du vin et il était ivre, je ne pouvais croire qu'il s'agissait d'un prêtre. »

Echenique parlait en se redressant. J'ignore pourquoi, mais pendant que je fixais son profil aigu, je pensai à celui d'un jeune paysan d'un tableau de Goya. En outre, malgré le contenu grave de sa confession, son discours hésitant ressemblait plutôt à un compte rendu d'événements insignifiants.

Le prêtre, en dépit de ses côtes brisées, réussit à survivre durant cinq jours, grâce aux soins d'Echenique et des autres passagers. Malgré la douleur, il racontait des blagues afin de faire rire les survivants.

« J'étais un buveur et un bon à rien de prêtre. L'alcool était plus important que Dieu, après tout, étant curé, je n'ai ni femme ni enfant ! »

Mais la veille de sa mort, il s'adressa à Echenique :

« Monsieur Echenique, personne n'a plus rien à manger, n'est-ce pas ? » Devant le silence de ce dernier, il continua : « Vous devez rester en vie jusqu'à ce que les secours arrivent. Je vais mourir. C'est pourquoi je vous demande de manger mon corps, vous devez le faire, que vous le vouliez ou pas. Les secours vont arriver, j'en suis persuadé. »

Echenique pleura en entendant ces paroles. Le prêtre respirait péniblement, il cherchait une dernière plaisanterie.

« Heureusement, grâce à Dieu, il y a plus de chair sur moi que sur les vaches au pied des Andes. Cependant si vous en mangez trop en une fois, vous risquez d'être ivre. J'ai trente années de réserve d'alcool dans le corps ! » Le mourant demanda une dernière chose à Echenique : « Après l'université, si vous avez l'occasion de vous rendre au Japon, explorez bien ce pays où je devais aller. J'avais l'intention de travailler dans un hôpital, là-bas. »

Le prêtre mourut le lendemain, Echenique raconta aux autres ses dernières volontés. Ils discutèrent entre eux et décidèrent de couper petit à petit le corps du mort ainsi que ceux des autres victimes et d'en faire de la viande séchée. Tous étaient déterminés à rester en vie jusqu'à l'arrivée des secours.

« J'ai mangé, moi aussi…, murmura Echenique en fermant les yeux. Toutefois, à ce moment-là, j'ai aussi mangé son amour, et en le faisant je pensais que je travaillerais dans une société basée au Japon et que pendant mon temps libre je serais bénévole dans un hôpital. »

Il se tut. L'intérieur de la tente à oxygène devint silencieux. Des larmes coulèrent lentement sur les joues creuses de Tsukada. Alors je vis Echenique introduire sa main sous la tente et prendre la main osseuse que le malade lui tendait comme s'il cherchait quelque chose désespérément. Une infirmière sortit dans le couloir en pleurant.

« Tsukada est mort il y a un an, n'est-ce pas ? » demanda le cuisinier. J'étais assis au bout du comptoir et regardais les informations sur une petite télévision, en buvant un verre.

« Oui, un an !

— Je me souviens de son dos voûté, quand il sortait en titubant d'ivresse. C'était un vrai soûlard, mais depuis qu'il est mort, il me manque un peu.

— Chacun a sa propre histoire. »

Hier et avant-hier, j'écoutais mes nombreux patients me raconter leurs tourments. Des mères trahies par leurs fils, des filles brisées physiquement et mentalement par des parents séniles, des épouses qui n'aiment plus leurs maris et des maris abandonnés par leurs femmes.

Echenique fut muté à Osaka et travailla en tant que bénévole dans un hôpital catholique.

Sur l'écran, un homme présentait le journal télévisé : « Un étudiant japonais, soupçonné d'avoir tué une condisciple de l'université de Paris et de l'avoir mangée, est rentré au Japon cet après-midi... »

Les ombres	9
Le retour	55
Le dernier souper	75

Composition NORD COMPO
Impression Novoprint
á Barcelone, le 4 octobre 2004
Dépôt légal: octobre 2004
1er dépôt légal dans la collection: avril 2003
ISBN 2-07-042866-4./Imprimé en Espagne.

604 657 0653

132334